KB048858

그래도 단독주택

그래도 단독주택

아파트에서의 삶을 정리하고
단독주택에 살아 보니

김동률 지음

샘터

　나는 베이비붐 세대의 막내이자 386세대의 맏이
다. 우리 세대가 그렇듯이 대개 시골에서 자라 인
근 대도시에서 중고교를 다닌 뒤 서울에서 대학을
나왔다. 대학 시절에는 하숙이나 자취를 했으며 결
혼하면서 아파트에 살게 되었다. 아파트에 산 뒤로
강산이 몇 번 변했다.

　보통 한국인들은 '저녁이 있는 삶'과 '마당이 있
는 집'에 대한 판타지를 가지고 있다. 나도 그랬다.

그 미련을 버리지 못해 강남 요지의 아파트에서 살다가 북한산 기슭 단독주택으로 옮겼다.

내 인생 최고의 결정이자 아내에게는 최악의 결과였다. 르 코르뷔지에와 알랭 드 보통은 집을 두고 '영혼을 다독이는 공간'이라고 근사하게 정의했다. 하지만 이 땅에서는 재산 증식의 수단과 욕망의 대상이 된 지 오래다. 덕분에 나는 '기처가'로 벌벌 떨며 살고 있다.

단독살이는 티백tea bag과 같다. 티백을 뜨거운 물에 담그기 전까지 맛을 알 수 없는 것처럼, 단독주택에 살아 보지 않고서는 그 맛을 누구도 모른다. 살아 봐야 한다. 이 글은 마당이 있는 집에 대한 판타지를 가지고 있는 우리 세대의 생생한 기록이자 소박한 헌사다.

차례

들어가며 4

봄

✳

동네 고양이와도 친해야 한다 … 11

아파트 삶과 단독 삶은 달라도 너무 다르다 … 20

목련꽃 그늘 아래서 베르테르의 편지를 읽어야 하는 4월이다 … 30

단독에서 자라면 오매불망 단독을 꿈꾸게 된다 … 40

여름

✳

나훈아 선생이 틀렸다 잡초는 힘이 세다 … 53

장마철에는 부추전이 딱이다 … 63

나무를 베었다 잠을 이루지 못했다 … 72

가을

✳

9월, 고등어를 굽다 … 85

바지랑대를 아십니까 … 94

생애 단 한 번 피는 대나무꽃을 기다리며 … 103

낙엽 타는 냄새에서 커피 향이 날까 … 112

구절초 꽃잎 위에 가을볕이 따스하다 … 122

겨울

✳

김장은 고향이다 … 133

벽난로를 피우며 … 144

별을 헤는 밤 … 153

헉, 오줌단지가 터졌다 죽음이다 … 164

눈 오는 날엔 가만히 노래를 들어야 한다 … 173

인간에겐 손바닥만 한 마당이라도 있어야 한다 … 182

봄

동네 고양이와도
친해야 한다

　단독에 이사 온 지 1년쯤 되었을까? 이른 아침 현관문을 열던 아내가 "끼약" 외마디 소리와 함께 새파랗게 질려 들어왔다. 엄청 놀란 표정이다. 황급히 뛰쳐나간 나도 기겁했다. 현관 입구에 목이 잘린 쥐 한 마리가 피투성이로 놓여 있었다. 경험이 있는 시골 출신인 나도 놀랐는데 처음 목격한 아내가 기절초풍, 놀란 것은 당연하다. 동네 고양이의 선물이다.

　마당에는 동네 고양이 두어 마리가 제집인 양 놀

고 있다. 문을 열면 잽싸게 나무 덱 밑으로 숨는다. 우리 집을 제집처럼 여기고 있지만 그러려니 하고 지켜볼 뿐이다.

그래도 집 안 어디 새끼를 낳을까 봐 걱정이다. 건사할 자신이 없기 때문이다. 그래서 가끔 속마음과 달리 싫은 기색을 할 때도 있다. 그럴 때면 여지없이 현관 앞에 선물을 갖다 놓는다. 죽은 쥐도 있고 산비둘기도 있다. 이번에 알았다. 고양이들이 인간에게 잘 보이려고 선물로 둔다는 것을. 제 나름의 보은이지만 식구들은 기절한다.

단독살이에 고양이의 존재는 예상보다 심각하다. 야밤에 현관문을 나서다 쏜살같이 튀어나오는 동네 고양이에 기절할 뻔한 경우가 한두 번이 아니다. 발정기 울음소리는 또 다른 문제다. 깊은 밤에 들으면 소름이 좍 돈다. 그래도 울음소리는 문을 꽉 닫고 자면 그뿐이다. 견딜 만하다. 문제는 다른 데 있다.

아파트와는 달리 단독에 살면 방범에 신경 쓰게 된다. 아파트야 경비실도 있고 출입구도 명확해 달리 걱정하지 않아도 된다. 하지만 단독은 다른 이야기다. 아무래도 밤에는 무섭다. 골목도 골목이지만 마당에 나가면 시커먼 나무 그림자에 움찔하게 된다. 골목마다 방범 CCTV가 있어도 쉬이 사설 경비 업체를 거절하지 못하는 것은 다분히 심리적인 탓이다. 적잖은 돈이 나가는 게 편치는 않지만 아파트에 살 때의 관리비 정도로 여기며 받아들이게 된다.

사건은 깊은 밤에 일어난다. 경비 장치를 가동해 놓고 잠자는 오밤중에 난데없이 요란하다. "침입자가 있습니다. 주위를 살피십시오"라는 섬뜩한 경고와 함께 비상벨 소리가 귓가를 때린다. 이쯤 되면 웬만한 강심장도 섬뜩해진다. 겁에 질린 아내와 딸을 안심시키며 아들과 함께 야구방망이를 들고 바깥을 살피러 나간다. 추운 겨울에는 정말 고통스럽다. 긴장감 속에 집 주위를 살펴보지만 별일 없다.

이때쯤 되면 보안업체 직원들이 오토바이를 타고 도착한다. CCTV를 판독해 보면 늘 같은 결론이다. 동네 고양이가 적외선을 건드려 그렇다는 것이다.

맥이 탁 풀린다. 비상 출동한 직원에게 미안할 따름이다. 이게 무슨 개고생인가. 한껏 놀란 가슴, 다시 잠자기는 글렀다.

두세 번 겪고서는 경고음이 울려도 나가지 않는다. 외려 고양이 짓 같으니 오지 말라고 경비업체에 먼저 전화하게 된다. 달리 방법이 없다.

그래도 고양이와 다투면 안 된다. 내색도 절대 하면 안 된다. 에드거 앨런 포의 〈검은 고양이〉를 읽은

단독살이를 하다 보면 동네 고양이와 가까워질 수밖에 없다. 마당에는 늘 고양이 서너 마리가 제집처럼 놀고 있다.

탓이다. 초등 시절 읽은 책의 위력이 세다. 아직도 떠올리면 벽 속에 매장된 검은 고양이가 악마처럼 튀어나올 것 같다. 무섭다. 그래서 그저 처분에 맡길 뿐이다.

덕분에 마당에는 길고양이 서너 마리가 늘 제집처럼 논다. 언젠가부터 나를 바라보는 눈빛이 간절해 보였다. 요즘은 피하지도 않고 잘 논다. 품 안에 들어온 느낌. 점점 빠지는 것 같다.

하기야 쫓아 내칠 수는 없지 않은가? 겨울은 동네 고양이들에게 고행의 시간이다. 우선 먹을 것이 귀하다. 길고양이들은 주로 인간이 내다 버린 음식물 쓰레기를 먹는다. 운이 좋아 주위에 캣맘이 있으면 그나마 사료를 먹게 된다.

가장 어려운 것은 물이다. 음식물에 있는 염분은 고양이에게 치명적이다. 고양이들은 물로 음식물 염분을 해소하며 살아간다. 하지만 겨울이면 이게 힘들어진다. 동절기에는 물이 귀하기 때문이다. 그래서 고양이들이 겨울을 나지 못하고 죽는 경우가 많다고 한다. 반려 고양이는 대개 열 살까지 산다. 하지만 동네 고양이는 평균 2~3년밖에 못 사는데 겨울이 변수라고 한다.

별수 없다. 결국 맘을 바꿔 먹었다. 우선 고양이 집부터 만들었다. 택배로 온 스티로폼 박스에 구멍을 뚫고 바닥에는 보드라운 면수건을 깔았다. 지붕은 뽁뽁이로 덮었다. 완성하고 나니 그럴듯한 저택이 되었다.

동네 고양이들의 눈빛을 외면하기 어렵다. 결국 사료와 물만 제공하기로 했다.

얼지 않게 지하 차고에 빈 그릇을 두고 아침저녁 물을 채웠다. 내친김에 20킬로그램 사료도 구입했다. 할 일이 또 하나 늘어난 것이다. 아침저녁 물, 사료 담당이다. 사료를 부어 주면 어디서 숨어 있다가 잽싸게 뛰어나온다. 곁을 잘 주는 고양이들이 배를 드러내는 등 친밀감을 보인다. 아내는 행복, 모모 등 이름까지 그럴듯하게 붙여 주었다.

그래도 나는 고양이는 그저 그렇다. 멍멍이를 좋아한다. 유년 시절이다. 대처로 출근하신 아버지가 돌아오실 때쯤이면 멍멍이가 알고 짖는다. 그야말로 신통방통하다. 어머니 손 잡고 나선 마중길, 모내기를 앞둔 논물에 비친 보름달에 놀라서 멍멍이가 짖는다. "아가야 나오너라 달맞이 가자 앵두 따다 실에 꿰어 목에다 걸고 검둥개야 너도 가자 냇가로 가자"를 연상하면 된다.

그러나 고양이와의 추억은 별로 없다. 고양이에 대해 조금 심각하게 생각한 것은 유학 시절 찾았던 플로리다 남쪽 키웨스트에 있는 헤밍웨이 집이다.

헤밍웨이는 고양이를 평생 끼고 살았다. 그가
살았던 키웨스트 저택에는 50여 마리의 고양이
가 살고 있다.

키웨스트는 미국 땅이지만 쿠바에 훨씬 가깝다.
플로리다 남쪽 끝에서 출발해 총 202킬로미터 해상
고속도로를 달리다 보면 나온다. 헤밍웨이가 사랑
했던 섬이다. 체 게바라의 얼굴이 들어간 상품이 널
려 있다. 미국 땅인지 쿠바 땅인지 구분이 힘들다.

키웨스트는 헤밍웨이로 유명해졌다. 헤밍웨이 집은 관광명소다. 세 번째 결혼한 부인과 살며 스페인 내전을 소재로 한 장편소설 《누구를 위하여 종은 울리나》를 썼던 집이다. 나는 십 대 시절, TV로 봤다. 게리 쿠퍼와 잉그리드 버그먼 주연의 영화다. "키스를 할 때 코는 어디에 두어야 하나요?"라고 묻던 버그먼의 대사는 그 시절, 뭇사람들에게 화제가 되었다. 정신적으로 궁핍했던 십 대 시절을 위무해 주었던 소설이고 영화였다. 하지만 헤밍웨이 집에서는 집 안 곳곳에 놀고 있는 수십 마리의 고양이 떼가 더 화제다. 관광객들이 연방 사진을 찍어 댄다.

오늘 봄볕 드는 우리 집 덱에서 늘어지게 자고 있는 고양이 모습에 불현듯 유학 시절이 생각나고 키웨스트가 그리워진다. 그런데 집이 서서히 고양이 왕국으로 변해 가는 느낌이다. 걱정이다. 머리가 지끈지끈해진다.

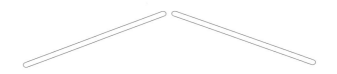

아파트 삶과 단독 삶은
달라도 너무 다르다

　남자와 여자는 정말 다르다고 한다. 그래서 《화성에서 온 남자, 금성에서 온 여자》란 책도 있다. 알려진 대로 이 책은 '남녀 관계의 바이블'로 불리는 세계적인 베스트셀러다. 나의 경우 목욕탕에 갈 때마다 남녀 차이를 느낀다.

　단독에 살면서 목욕탕 가는 횟수가 부쩍 늘었다. 강남 아파트에 살 때는 한겨울에나 가끔 갔다. 그러나 강북 단독으로 이사 온 뒤로는 특별한 일정이 없는 한 거의 매주 일요일마다 간다. 그럴 수밖에 없다. 아파트의 경우 화장실이 단열이 잘되어 있고 급탕 시설이 완벽하다. 수도꼭지만 돌리면 펄펄 끓는 물이 콸콸 쏟아진다.

그러나 단독은 다르다. 개인 보일러를 통해 데워야 한다. 스물네 시간 급탕 스위치를 켜 두고 있지만 그래도 제법 시간이 걸린다. 꼭지를 온수로 돌려놓고 1분쯤 기다려야 더운물이 나온다. 더운물도 아파트처럼 펄펄 끓는 물이 아니다. 조금 뜨겁다고 느낄 정도다. 개인 보일러에서 데우는 물은 끓이는 데 한계가 있다.

화장실도 겨울에는 춥다. 창문을 비닐과 뽁뽁이로 밀폐해 뒀지만 단열이 아파트와는 다르다. 물을 받아 놓으면 금세 식는다. 잠깐 샤워는 몰라도 단독에 살면 집에서 목욕하기는 원천적으로 어렵다. 결국 욕조는 무용지물, 동네 목욕탕을 자주 찾는 것으로 정리된다.

매주 일요일 새벽이면 아내 따라 쫄레쫄레 동네

목욕탕에 간다. 사실 난 그럴 필요성을 별로 느끼지 못한다. 학교 짐gym에서 하루가 멀다고 뛰고 샤워하기 때문에 그렇다. 그래도 좋은 척하며 따라나선다. 그런 나를 아내는 '목욕을 매우 즐기는 별종 남자'쯤으로 안다. 당근, 절대 아니다. 그냥 보디가드 겸 말 상대 역으로 같이 가는 것이다.

아내의 목욕 시간은 기본 두 시간이다. 아내는 두 시간 뒤 만나자고 엄명을 내리고 여탕으로 사라진다. 목욕탕 주인이 나를 보며 빙그레 웃는다. 아마 좀 안됐다고 생각하는 것이 아닐까. 어쨌든 난 남탕에 들어가자마자 잠자는 곳을 찾아 푹 잔다. 한 시간 반쯤 자는데 기분이 딱이다. 아내는 모른다. 내가 열심히 목욕하는 줄 안다. 나체로 따뜻한 대리석 바닥에 등짝을 붙이고 잔다는 것은 축복이다. 아득한 시절 할아버지 사랑방에서 자던 그 기분이다.

오늘따라 조금 늦게 갔더니 누울 자리가 없다. 한 시간 반 동안 별짓을 다 했다. 습식 사우나를 거

새장을 만들어 단풍나무에 달았다. 멀리 북악이 보인다.

쳐 건식 사우나로, 온탕을 거쳐 열탕으로, 심지어 안 가던 냉탕까지 들락거렸다. 그래도 시간이 안 간다. 한 시간 반을 생고생하다가 드디어 빈 곳을 찾아 30분 잤다.

두 시간이 지났다. 헐레벌떡 일어나 샤워만 대충 하고 나왔다. 아내에게 목욕 도구를 넘겼는데, 아뿔싸! 이태리타월이 뽀송뽀송하다. 아내의 눈꼬리가 올라간다. 헉, 혹시 눈치챘을까. 긴장된 순간, 말없이 걷는다. 앞서가는 아내를 또 쫄레쫄레 따라간다. 오늘따라 아내의 희끗희끗한 귀밑머리가 눈에 들어온다. 고운 아내도 서서히 늙어 가고 나도 늙어 간다.

긴 겨울방학, 걷고 읽고 쓰기가 요즘의 일과다. 읽고 쓰는 것은 교수가 마땅히 해야 할 일이고, 걷는 것은 단독에 살게 되면서부터 새로 생긴 취미이자 습관이다. 무작정 걸을 때가 많다. 날이 궂거나 화창하거나는 큰 문제가 안 된다.

산책에 대한 선인들의 일화는 많다. 널리 알려진

대로 칸트는 오후 5시 정각이면 산책에 나선 걸로 유명하다. 이웃 사람들이 산책하는 칸트를 보고 시계를 맞출 정도였다고 한다. 그가 그 규칙을 어긴 것은 딱 두 번뿐. 1762년 루소가 《에밀》을 내놨을 때 그 책을 읽는 데 정신이 팔려 산책을 건너뛰었다. 두 번째는 1789년 프랑스 혁명이 일어났을 때다. 충격으로 산책 나가는 걸 깜빡 잊었다고 한다.

이른바 불후의 명곡쯤 되는 〈월광 소나타〉 역시 베토벤이 산책길에서 영감을 받아 작곡했다고 전한다. 니체 역시 산책을 통해 영감을 받아 책을 써나갔다. 약골에다 온갖 질병에 시달리던 니체에게 산책은 건강 유지의 비결은 물론이고 삶의 일부였다고 한다. 아마도 산책이 없었다면 '자라투스트라'도 존재하지 못했을 것이다. 산책은 이익을 탐하는 행위가 아니다. 무보상의 행위라는 데 의미가 있다.

우리 집 뒤는 북한산, 앞쪽 길 건너에는 북악과 인왕이 떡하니 버티고 있다. 주말에 주로 걷는 곳

강북 끝머리 북한산 자락에 살면서 생긴 새로운 취미가 둘레길 걷기다.

은 집 뒤 북한산이다. 집에서 나오면 곧바로 산으로 연결된다. 산책이라기보다는 산행이다. 등산을 광적으로 좋아하지만 앞선 사람 엉덩이만 보며 헐떡이게 하는 산행은 산책과는 거리가 멀다. 그래서 산책 목적으로는 주로 서촌, 북촌 골목길을 걷는다.

  강북의 오래된 골몰길을 걷는 것은 나름 상당한 운치가 있다. 나는 산티아고를 걷고 왔다는 사람들의 얘기는 아예 무시해 버린다. 유명하다는 제주 올레길도 시큰둥하다. 개인적인 인연이 없는 길은 크게 정이 가질 않는다. 아, 물론 전적으로 내 생각이다.

강북 단독에 살면서 새로 생긴 취미는 한밤중 구도심 구석구석 걷기다. 자정 넘어 두세 시간 도심을 걷는다. 한밤에 나서는 나를 아내와 아이들은 이상한 사람이라고 놀린다. 그러나 세계에서 몇 안 되는, 밤길이 안전한 도시가 서울이다. 나는 안다. 깊은 밤 산책이 얼마나 매력적인지를. 자정을 넘긴 야심한 시간, 취객들의 푸념조차도 연민을 느끼게 한다. 버스 전광판에는 '운행 종료' 빨간 글자가 반짝인다. 운행 종료라… 많은 것을 생각하게 한다.

가끔은 청계천, 종로통을 걷기도 한다. 언젠가 수강생들과 광화문에서 만나 청계천을 끝까지 걷고 난 뒤 종강 파티를 한 적이 있다. 끝까지 걷지 않으면 아예 참가를 못 하게 하는 억지를 부렸다. 주말에는 종로통을 왕복하기도 한다. 종로통 걷기는 나름 상당한 의미가 있다.

　어제는 비가 오는 종로 거리를
　우산도 안 받고 혼자 걸었네

　이장희가 부른 노래 〈그건 너〉이다. "종로에는 사
과나무를 심어 보자 그 길에서 꿈을 꾸며 걸어가리
라"라는 노래도 있다.

가파른 골목길이 있는 단독에 살게 되면서 자전거가
정원 소품으로 전락하여 녹슬고 있다.

그러나 이제 땅을 디디고 걷는 사람은 거의 없다. 서울에서 걷는 길은 아스팔트가 아니면 시멘트 보도블록이다. "땅에서 넘어진 자, 땅을 딛고 일어나라." 보조국사 지눌의 말이다. 하지만 진작 맨땅을 구경하기가 쉽지 않은 세상이 됐다. 오늘 정원의 보드라운 흙을 밟으며 새삼 단독살이의 고마움을 느낀다. 봄이다.

목련꽃 그늘 아래서
베르테르의 편지를 읽어야 하는
4월이다

어디서 들었다. 노인분들이 봄에 세상을 떠나는 경우가 많다고. 하필이면 왜 봄일까? 만물이 새록새록 소생하는 데 비해 자신은 늙어 감을 견디지 못하는 심리가 작용한다고 한다. 단독에 살면 그 말의 의미를 알게 된다.

봄날은 노인도 힘들지만 식물도 힘들다. 땅을 박차고 나오느라 젖 먹던 힘을 다해야 한다. 임계치에 와 있다. 단독 사는 사람도 마찬가지다. 봄은 힘들다. 정원과 이제 한판 전쟁을 치러야 한다. 활시위가 서서히 당겨지는 느낌이다.

마당을 가꾸기 위한 준비가 대충 끝났다. 간만에 장화를 신었다. 손바닥만 한 정원이든, 제법 큰 마당이든 정원을 가꾸기 위해서는 장화가 필수다. 밟아 보니 흙이 푹신하다.

땅을 고르면 지렁이들이 나타난다. 정말 징그럽다. 지렁이가 나오는 흙은 기름진 흙이라지만 별로 좋아하지 않는다. 너무 징그러워 얼굴을 찡그리게 된다. 내 주름살이 느는 가장 큰 이유다. 그러나 지렁이 덕분에 이제 게으른 자의 정원에서도 꽃은 피고 시금치와 상추로 가득한 텃밭이 모습을 드러낼 것이다. 머지않아 호박꽃도 무성하고 덩굴장미가 찬란하게 꽃망울을 터뜨리게 된다.

쿠데타군처럼 가만히 찾아온 봄, 새소리가 뜸해졌다. 봄에는 새들도 힘들다. 먹을 것이 귀하기 때문이다. 귀 기울여 보면 여름날 듣던 새소리와 구별된다. 매우 가늘고 약하다. 까치밥도 사라졌다.

난 까치밥에 대해 할 말이 많다. 누구는 한국인의 마음이라고 근사하게 이야기하지만 선뜻 동의하기 어렵다. 혹시 너무 높은 꼭대기에 달려 있어서 그냥 둔 것은 아닐까. 포기한 것을 두고 까치를 생각하는 조상들의 착한 마음 씀씀이라고 지나치게 미화하는 것은 아닐까.

사실 우리만 까치밥을 둔 것은 아니다. 서양에도 있다. 밀레의 〈이삭 줍는 여인들〉이란 유화가 예가

프랑스 화가 밀레의 〈이삭 줍는 여인들〉(1857)

된다. 이발소 그림이다. 어릴 적 머리 깎으러 갈 때마다 지겹도록 봤다. 추수 끝난 들녘에 아낙네들이 이삭을 줍고 있고, 멀리 말 탄 지주가 그 광경을 물끄러미 바라보는 풍속화다. 가난한 소작농을 위해 의도적으로 이삭을 충분히 남겨 뒀다고 한다. 빈자를 위한 배려는 인류 공통의 마음이 아닐까.

며칠 궁리 끝에 새들에게 먹이를 제공하기로 했다. 사과에 구멍을 내어 감나무에 매달았다. 서양에서는 '애플 피더apple feeder'라고 해서 이른 봄, 과일로 만든 새 먹이를 나무에 매달아 놓는다. 서양식 까치밥인 셈이다. 유튜브에서 본 것을 따라 해봤지만 새들이 시큰둥하다. 토종새라 '애플 피더'를 모르는가 보다. 쪼는 모습을 보기 어렵다. 정성을 다했지만 새님들의 호응을 받지 못했다. 섭섭하다.

볕이 따뜻한 봄날 오후에는 멍때리기가 딱이다. 폼 나는 말로 표현하자면 사색이다. 꽤 괜찮은 자기 치유법이다. 힐링이 된다. 이 분야의 대가인 헨리 데이비드 소로도 저서 《월든》에서 사색의 중요

봄에는 새들 먹이가 아주 귀하다. 굶주린 새들을 위해 애플 피더를 단풍나무에 매달았다.

성을 강조한 바 있다. 그러나 현대인이 사색하기는 쉽지 않다. 사치스럽다고 한다. 사유하기보다는 말의 홍수에 산다. 날마다 말의 바다에서 헤엄치기와 다름없다. 하지만 사색, 명상을 포기하는 것은 정신적인 파산 선고와 같다. 슈바이처의 말씀이다.

어릴 때 슈바이처 박사를 아주 좋아했다. 특히 가난한 친구와 싸우다 이겼을 때 "너처럼 매일 고기를 먹었으면 내가 이겼을 텐데"라는 말을 듣고 육식을 끊었다는 에피소드는 여전히 살아 있다. 나는 그의 생명에 대한 외경 사상에 심취해 있다. 나무에 묶는 해먹(그물침대)조차 나무가 아파할까 봐 하지 않았다고 한다.

단독에 살면 사색할 수 있는 공간이 생긴다. 단풍나무 밑도 좋고 덩굴장미 넝쿨 아래도 좋다. 손바닥만 한 정원에도 정이 가는 구석이 있다. 전나무 그루터기 밑 빨간 벤치는 나만의 공간이다. 갓 내린 에스프레소를 들고 나가 벤치에 앉아 책을 읽는다.

벤치는 별로 특별할 것도 없다. 하지만 나에게는 특별하다. 어렵던 유학 시절, 이 벤치에 앉아 고향 생각을 달랬다. 아이들에게 바이올린을 연습시키면서 앉아 지켜보던 벤치다. 그때 고사리손 아이들이 연주하던 바흐의 미뉴에트는 안네 소피 무터보다 감미로웠다. 귀국할 때 벤치는 짐이 된다며 이구동성 버리고 가라고 했지만 화물 편에 포함시켰

나무 벤치는 봄볕을 쬐며 멍때리기에 딱이다.

다. 뒤틀리고 변색이 되어 남루하지만 내게는 친구
쯤 된다.

　나른한 봄날 오후, 벤치에 앉아 졸다가 뻐꾸기
소리를 듣는다. 아주 유년 시절, 시골 앞산에 뻐꾸
기가 많았다. 그 소리를 들으면서 낮잠에 빠졌고,
그 소리에 잠 깨어 어머니에게 칭얼대기도 했다.
그래서 '뻐꾸기 울음 = 고향'이라는 등식이 내게는
성립된다.

학창 시절 배운 박목월의 〈윤사월〉이란 시도 생각난다.

송홧가루 날리는
외딴 봉우리

윤사월 해 길다
꾀꼬리 울면

산지기 외딴집
눈먼 처녀사

문설주에 귀 대이고
엿듣고 있다

아주 짧은 시다. 시에 나오는 꾀꼬리를 나는 뻐꾸기로 치환하여 기억하고 있다. '눈먼 처녀사'에서 '-사'를 두고 강세조사라고 가르쳤고 곧잘 시험 문제로 출제되곤 했다. 주제는 절대 고독, 외로움이라고 배웠다. 십 대 시절에는 그 말이 주는 의미를 몰랐다. 이제 와 서서히 깨닫는 중이다. 잠깐 뻐꾸기 소리에 소년으로 돌아갔다.

뻐꾸기가 울면 봄이 무르익었다는 의미다. 울음소리는 따뜻하고 깊고 널리 퍼진다. 복사꽃이 떨어진 지 오래, 봄은 어느새 깊숙이 들어와 있다.

이럴 땐 봄노래를 한 곡 뽑아야 한다. 믿거나 말거나 난 목소리가 꽤 좋은 편이다. 초중고 시절 곧잘 합창단으로 뽑혀 갔다. 어디 가서 교수라고 하면 대개 음대 교수냐고 묻는다. 목소리가 중저음에다 약간 느끼하거나 그윽한(?) 덕분이다. 식당이나 카페에 가도 목소리 때문에 기억한다는 업주들이 많다. 하기야 이십 대 시절, 미팅을 하면 목소리 때문에 애프터를 신청한다는 파트너가 많았다. 주위 사람들도 대부분 인정하는 대목이다.

볕이 속절없이 따뜻한 봄날, 한 곡조 뽑아야겠다. 블루투스 음원이 필요하다.

목련꽃 그늘 아래서 베르테르의 편질 읽노라

구름꽃 피는 언덕에서 피리를 부노라

아 멀리 떠나와 이름 없는 항구에서 배를 타노라

돌아온 사월은 생명의 등불을 밝혀 든다

빛나는 꿈의 계절아 눈물 어린 무지개 계절아

〈사월의 노래〉, 박목월 시, 김순애 곡이다. 완연한 봄, 앵두나무 새순 사이로 여린 봄 햇살이 뭉텅뭉텅 쏟아지고 있다.

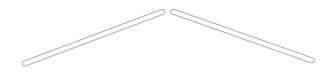

단독에서 자라면
오매불망 단독을 꿈꾸게 된다

얼마 전 고향 옛집을 찾았다. 철거 전에 꼭 한번 보고 싶었기 때문이다. 강남의 아파트를 처분하고 돈 안 되는 강북 단독살이를 고집한 것도 이 옛집 탓(?)이다. 단독에서 성장하면 자연스레 단독살이를 꿈꾸게 된다.

재개발 광풍이 옛집까지 덮쳤다. 완강하던 부모님의 버팀은 개발 이익의 탐욕에 떼밀려 찻잔 속의 태풍으로 끝났다. 정든 집은 곧 사라질 것이다. 옆

내가 자란 정들었던 고향 집, 재개발 광풍에 최근 흔적 없이
사라졌다.

동네로 이사 가신 어머니는 하루걸러 옛집에 들른
다. 굳게 잠긴 철제 대문을 잡고 남몰래 훌쩍이다
담장 너머로 집 안을 들여다보고는 발걸음을 돌린
다고 한다. 이제는 호호 할머니이신 당신이 반평생
지켜 온 집이다.

　오래간만에 찾은 집, 닫힌 대문을 발로 거세게
차자 덜커덩 열렸다. 늦은 오후 시간, 실내로 들어

서니 컴컴하다. 한때는 삼 형제가 법석거렸던 커다란 집은 이제 죽음을 눈앞에 두고 있다. 스위치를 올려도 불이 들어오지 않는다. 단전·단수 조치가 취해진 모양이다. 기분이 스산하다. 철거를 앞둔 집은 여기저기 벽지가 찢겨 있다. '공가'라고 갈겨 써 놓은 붉은 글씨가 여기저기 눈에 들어온다. 마음이 심란해진다.

구둣발로 저벅저벅 들어가 내 방을 둘러본다. 텅 빈 방, 천장 구석에는 곰팡이가 피었고, 아침마다 교복을 입고 한껏 폼 내며 비춰 보던 거울은 군데군데 벗겨져 흉한 모습으로 반갑게 맞는다. 까까머리 사춘기 소년은 간데없고 귀밑머리가 희끗희끗해진 중년의 얼굴이다. 거울 모서리에 붙어 있는, 교복을 입은 빛바랜 사진 속 젊음이 흑백으로 웃고 있다.

그랬었지, 여기서 그랬고 저기서 그랬고. 추억은 끝도 없이 이어졌다. 집 뒤 모퉁이 창고에는 낡은 영화 잡지가 버려져 있다. 구겨진 잡지 속 젊은 알랭 드롱이 나를 바라본다. 〈태양은 가득히〉, 십 대 시절 본 영화, 불현듯 십 대로 돌아간다.

어린 시절, 내가 살던 도시에는 영화관 이름으로는 전혀 어울리지 않던 아카데미극장이라는 영화관이 있었다. 극장을 기억하는 것은 알랭 드롱이 주연한 영화 〈태양은 가득히〉가 한몫했다. 윗도리를 벗어젖힌 채 요트 키를 잡고 있던 모습은 어린 나에게 엄청 멋져 보였고 비극적인 주인공에 대한

십 대 시절을 지배했던 영화 〈태양은 가득히〉의 한 장면

연민으로 영화는 내 마음 깊이 새겨졌다.

르네 클레망 감독. 가난한 청년 톰 리플리가 부자 친구 필립의 아버지로부터 이탈리아에서 방탕한 생활을 하는 아들을 미국에 데려오는 조건으로 거금을 받기로 한 데서부터 영화는 시작된다. 치밀한 구성과 절묘한 반전 등으로 20세기 최고의 걸작으로 평가받는다. 특히 영화는 1999년 맷 데이먼 주연의 〈리플리〉로 다시 만들어졌고, 국내에서는 〈미스 리플리〉라는 이름의 MBC 드라마까지 등장했다. 모두가 야망을 위해 몸부림치다 좌절한 청춘을 보여준다.

떨리는 감동으로 영화를 본 그날, 나는 언젠가 알랭 드롱이 파국을 맞았던, 이탈리아 남쪽 소렌토, 아말피 해변을 가리라고 굳게 맹세했다. 몇 년 전 여름 나 홀로 소렌토, 아말피 해변을 찾았다. 여행은 감미로웠다. 이글거리는 태양과 땀내 나는 욕망, 감미로운 니노 로타의 음악 등등 영화 속 풍경이 생생하게 다가왔다. 십 대 때의 꿈을 중년이 되어 이룬 셈이다. 빛바랜 잡지가 문득 잠시 나를 숙연케 했다.

옛집의 생명은 이제 다해 간다. 곧 철거되고 거대한 아파트가 들어설 것이다. 나는 더 이상 누리지 못할 것들을 떠올리기 시작했다. 더 이상 텃밭에서 상추며 고추며 토마토를 따 먹지 못하게 된다. 현관에 오를 때마다 코를 자극했던 모란, 작약이며 탐스러운 노란 장미도 더는 못 보게 된다. 여

얼마 전 다시 찾은 고향 집이 있던 자리, 아파트 건립을 위한 땅 고르기 작업이 한창이다.

름이면 주황색 꽃을 지천으로 뿜어 대던 능소화도 더 이상 못 보게 된다. 갑자기 고향을 잃은 느낌이다. 내 영혼이 익었던 공간이 이제 곧 재개발 앞에 숨이 끊어지게 된 것이다.

인적이 끊어진 정원은 적요하다. 환청인가.

울고 왔다 울고 가는 설운 사정을
당신이 몰라 주면 그 누가 알아주나요

어머니가 텃밭을 가꾸며 흥얼거리던 노래가 들린다. 〈알뜰한 당신〉 덕분에 푸성귀로 가득했던 텃밭은 이제 잡초만 무성하다. 해마다 크리스마스트리로 사용했던 전나무도, 가을날 황금빛으로 물들던 은행나무도 목숨을 다했다. 죽은 이의 육신이 땅속에서 썩어 흙이 되듯 집은 곧 사라질 것이다. 하기야, 사라지는 것이 어디 옛집뿐이겠는가. 짧았던 젊음도 갔다.

한옥에 살다가 붉은 벽돌 이층집으로 이사 온 그

날 밤, 어린 나는 잠을 이루지 못했다. 부모님과 동생들도 그랬으리라. 마당에는 목련, 은행나무에 작은 연못까지 있는, 잘 가꿔진 잔디가 더없이 멋진 양옥이었다. 어린 시절, 늦가을이면 누렇게 말라가는 잔디에 성냥불을 댕기었다. 순식간에 불길이 번지면 덜컥 겁이 나, 바지의 지퍼를 급히 내리고 소방차의 호스를 꺼내 진화에 나섰다. 여드름이 가득했던 고1 때였을까. 어느 봄밤, 중간고사 공부를 하다가 창틈으로 낮게 스며든 라일락 향기를 여고생 향기쯤으로 상상하며 정신이 혼미했던 기억도 있다.

이 집에서 중학교에 들어가고 고등학교를 다녔고 서울로 유학을 떠나왔다. 결혼을 앞두고 아내를 부모님께 인사시킨다고 두근거리며 찾았던 집. 어른이 돼 가정을 이루고 낯선 서울에 살면서도 명절 때마다 아이들을 데리고 찾았던 집이다. 추석날 밤에는 온 가족이 모여 잔디밭에서 바비큐 파티를 하고 그새 가장이 된 동생들과 둥근 보름달을 바라보며 밤늦도록 맥주를 마셨다. 호화 주택은 아니지만 집은 제법 품위를 갖추며 우리 가족과 반세기를 함께했다.

잠시, 서쪽 하늘로 사라지는 노을을 바라보며 컴컴한 먼지투성이 방바닥에 털썩 주저앉았다. 창 너머 홀로 남아 정원을 지키던 키 큰 장미 줄기가 바람에 휘청거린다.

그것들은 다 어디로 갔을까. 밤하늘의 별만큼이

해마다 5월이면 무성하던 담장 위 장미도 이제 다시 볼 수 없게 되었다.

나 수많았던 이야기, 부르던 노랫소리, 우리 형제들이 다투던 울음소리들은 다 어디로 갔을까. 온 가족이 웃고 고함지르고 이야기를 나누던 옛집에는 인적도 없이 정적만 가득하다.

한참을 혼자서 컴컴한 방 안에 앉아 있다가, 이 윽고 집을 나섰다. 문을 닫고 이제 다시는 되돌아갈 수 없는 옛집을 바라보며 중얼거렸다. 잘 있거라 정든 옛집, 나는 다시는 되돌아오지 않을 것이다. 코끝이 찡해지더니 눈시울이 젖어 온다.

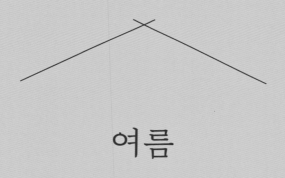

여름

나훈아 선생이 틀렸다
잡초는 힘이 세다

손바닥만 한 마당이라도 가진 사람들이 공통으로 느끼는 것이 딱 하나 있다. 나훈아 선생의 노래 〈잡초〉가 엉터리(?)라는 것이다.

아무도 찾지 않는 바람 부는 언덕에
이름 모를 잡초야
한 송이 꽃이라면 향기라도 있을 텐데
이것저것 아무것도 없는 잡초라네

발이라도 있으면은 님 찾아갈 텐데

손이라도 있으면은 님 부를 텐데

이것저것 아무것도 가진 게 없어

아무것도 가진 게 없네

이건 숫제 완전 뻥이다. 잡초는 손도 있고 발도 있다. 아니, 날아다닌다. 오뉴월, 마당에 나가면 가장 먼저 반기는 것이 잡초다. 하루가 다르게 번창한다. 이른 봄날의 잡초는 그런대로 봐 줄 만하다. 모진 겨울을 견뎌 낸 파릇함이 신기하기까지 하다. 그러나 오뉴월이 되면 얘기는 달라진다. 줄기차게 뻗어 나간다. 잡초 때문에 살 수가 없다. 노랫말처럼 '아무것도 가진 게 없는' 잡초가 아니다. 이 구석 저 구석 옮겨 다니며 뿌리를 내린다.

잡초를 두고 '약효가 검증되지 않은 약초'라며 옹호하는 사람도 있다. 그런 사람은 진짜 도를 닦은 사람들이다. 보통 사람들로서는 이해가 안 된다. 잡초 비빔밥까지 판매되는 세상, 한때는 잡초와 친해지려고 노력해 봤다. 잡초 옹호론도 열심히 읽었다. 그러나 마당을 무자비하게 잠식해 가는 잡초를 바라보니 적대감에 주먹까지 불끈해진다. 잡초와 친구 되기, 참으로 어려운 숙제다. 그래서 단독에 사는 사람들은 저마다 잡초에 대해 한 말씀 하신다. 그중 절반은 포기하고 산다고 한다.

김일수 고려대 교수는 잔디를 깎는 칼에서 살벌한 피 냄새를 맡았고, 어느 날부터 잡초를 깎지 않고 그냥 두었다고 한다.

그날 이후 우리 집 뜨락은 사람이 가공하는 손에서 완전히 해방돼 자연의 손에 맡겨졌다. 그 후 30년, 우리 집 정원에서 잔디는 사라졌고 잡초와 야생화의 천국이 돼 버렸다. 그 풀숲에는 봄부터 가을까지 각종 이름 모를 풀벌레들이 깃들여 살기도 한다. 새들이 조석으로 찾아와 새벽을 깨우며 저녁의 고요를 흔들어 더욱 고요케 하는 까닭을 나는 안다. 필시 새들이 옮겨다 심었을 이름 모를 풀들이 여기저기 셀 수 없을 정도로 많이 퍼져 있다. 어쩌다 비 오는 날 창문을 열면, 풀과 꽃 향기가 한꺼번에 집 안으로 밀려 들어오는 것을 느낄 수 있다. 우리 집 정원에서는 잡초가 화초이고 화초가 잡초인 지 벌써 오래됐다.

이 경우는 그래도 성공한 것이다. 그럼에도 불구하고 나는 이 글에서 그가 잡초와의 전쟁에서 완전히 패배했음을 짐작한다. 마치 〈여우와 신 포도〉의 우화처럼 합리화가 아닐까. 그러면서 나는 다시 전의를 다진다. 결코 굴복하지 않으리라.

잡초의 대장주는 민들레다. 누구는 민들레꽃을 두고 보기도 예쁘고 쓸모도 많다고 한다. 하지만 내게는 엄청난 스트레스다. '님 주신 밤에 씨를 뿌리고 사랑의 물로 꽃을 피운' 것이 중요한 게 아니다. '일편단심 민들레가 끝끝내 마당을 떠나지 않는다'는 데 방점이 있다.

민들레는 거친 환경에서도 잘 산다. 심지어 도심 아스팔트 틈에서도 노랗게 비집고 올라온다. 어디서

민들레는 끈질기다. 마치 빤히 쳐다보는 것 같다. 밟히면서도 노란 꽃들을 피워 낸다.

나 볼 수 있고 어떤 조건에서도 잘 자란다. 밟아도 본래대로 돌아오는 게 특징이다. 억세고 질긴 덕분에 민주화 세대에게는 저항의 상징으로 자리매김했다. 그래서 맘 편하게 파내질 못한다.

민들레를 함부로 하지 못하는 이유는 또 있다. '민토'를 아시는가? 아신다면 연세가 좀 됐다. 한때 우리가 사랑했던 프랜차이즈 공간이 '민들레 영토'다.

1976년 나온 이해인 수녀의 베스트셀러 첫 시집《민들레의 영토》에서 비롯된 이름이다. 1990년대 중반처음 생긴 민들레 영토는 당시의 젊음에게 아지트와도 같은 곳이었다. 카페이면서도 독립된 공간으로 스터디 룸이나 모임 장소로 딱이었다. 특히 이곳의 치즈 오븐 떡볶이는 잊지 못할 최고의 메뉴였다. 일제 강점기 우리말을 지키려던 선각자들을 그린 영화 〈말모이〉에서도 민들레는 단골로 등장한다.

　민들레를 가만히 보면 밟아 보라는 듯 빤히 쳐다보는 것 같다. 어려웠던 권위주의 시대, 박노해의 시에 곡을 붙인 민중가요 〈민들레처럼〉도 한때 열심히 불렀다.

　민들레꽃처럼 살아야 한다

　(…)

　무수한 발길에 짓밟힌대도

　민들레처럼

　(…)

온몸 부딪히며 살아야 한다

민들레처럼

특별하지 않을지라도

결코 빛나지 않을지라도

흔하고 너른 들풀과 어우러져

거침없이 피어나는 민들레

잡초는 힘이 세다. 며칠 지나쳤더니 질경이가 마당에 좌악 퍼졌다.

이 노래를 부르며 열심히 돌 던지던 그 시절 생각에 잠시 가슴이 먹먹해지다가도 뽑을 생각을 하면 머리가 띵해진다.

민들레와 한참 씨름하고 나면 질경이가 눈에 띈다. 질경이도 힘이 세다. 아주 세다. 내가 살던 시골에서는 '빼뿌쟁이'라고 불렀다. 발음 자체가 세다. 경음이 두 개나 있다. 질경이라는 표준어도 범상치 않다. '질기다'는 말에서 파생되었을 것이라고 짐작해본다. 끈질긴 데다 번식력도 강력하다. 불쑥불쑥 솟아나는 질경이를 보면 심란해진다.

가난했던 시절, 춘궁기에는 질경이가 나물로 밥상에 올랐다. 척박한 땅에 서식한다. 비옥한 땅에서 인간들에게 사랑받는 화려한 꽃들과 경쟁해 봐야 결과가 뻔하기 때문이다. 밟히고 치이면서 살아간다.

마당에서 캐낸 질경이를 자세히 보면 줄기가 없다. 뿌리에서 잎이 사방으로 퍼지며 땅에 붙어 난다. 군대 용어로 말하자면 포복 자세로 살아가고 있다. 자신을 지키기 위한 생존의 묘수인 셈이다. 맨

손으로는 뽑기도 어렵다. 땅속 깊숙이 뿌리를 내리고 있기 때문이다. 호미로 주변을 깊숙이 파야 파낼 수 있다.

잡초는 사람들이 흔히 생각하는 연약한 풀이 아니다. 잡초와의 전쟁, 마당이 있는 집에 살려면 마땅히 치러야 할 통과의례다.

그래도 봄이 깊어지면서 정원이 한껏 화려해졌다.

봄이 깊어지면서 정원은 이제 가히 꽃들의 천국이다. 꽃 중의 꽃이라는 모란이 분홍빛을 터뜨렸다.

황매화, 모란, 작약, 영산홍이 봄빛을 뿜어내고 있다. 감나무와 모과나무, 당단풍도 잎이 무성하다. 일부러 심은 것도 아닌데 제비꽃, 냉이, 꽃다지, 달개비, 강아지풀 같은 야생화도 눈에 띈다. 이른 봄부터 늦가을까지 꽃들은 무슨 약속이라도 한 듯 순번을 따라 쉬지 않고 피고 진다.

하지만 그런 꽃들도 잡초가 가까이 오면 시름시름 죽어 간다. 잡초는 정말 힘이 세다. 잡초 뽑느라고 인생 다 간다. 골병든다. 이러다가 나까지도 잡초에게 지지 않을까 노심초사하고 있다. 어느덧 초여름, 따가워진 햇살이 심벌즈처럼 귀를 꽝꽝 울리고 있다.

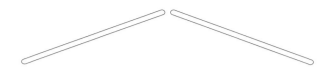

장마철에는
부추전이 딱이다

　여름이다. 소낙비가 하루걸러 오락가락한다. 마당 여기저기 떨어지는 빗방울을 하염없이 바라보니 불현듯 먼 유년의 풍경이 떠오른다. 칼국수를 만드는 어머니의 모습이다. 이태 전 돌아가신 아버지는 칼국수를 무척 좋아하셨다. 그런 아버지를 위해 어머니는 비 오는 날이면 종종 칼국수를 준비했다.

　밀가루를 반죽해 적당히 발효되기를 기다렸다.

제법 뜸 들인 반죽을 홍두깨로 얇고 평평하게 밀었다. 이어 계란말이 모양으로 정렬시킨 뒤 일정한 간격으로 쓱쓱 썰었다. 그런 어머니의 모습에서 한석봉 어머니가 겹쳐 보인다. 진지하다 못해 무표정한 얼굴이다. 얇지도 두껍지도 않게 일정한 크기로 잘린 국수는 서로 붙지 말라고 밀가루가 뿌려져 소쿠리에 담겼다. 멸치 육수가 적당히 끓으면 애호박과 대파, 감자 등을 숭숭 썰어 넣어 국물 맛을 냈다.

여름날, 한옥 마루에 앉아 쏟아지는 빗줄기를 하염없이 바라보며 먹던 엄마손 칼국수의 맛은 여전히 살아 있다. 지금도 브람스의 바이올린 소나타 〈비의 노래〉를 듣게 되면 문득 그날이 생각나 콧등이 시큰해진다.

나는 음식을 가리지 않고 먹는 편이다. 집에서나 밖에서나 주는 대로 먹는다. 그런 내가 칼국수를 많이 좋아하는 것은 아마 유년의 이 같은 기억이 한몫했을 것이다. 걸쭉한 고기 국물 육수보다는 멸치 국물에다 채소로 맛을 낸 담백한 칼국수는 여름

장맛비에 마당이 온통 젖어 있다.

한철 별미다.

하지만 나는 음식 중 부추전을 최고로 친다. 그
래서 단독주택으로 이사를 오자마자 맨 처음 부추
부터 심었다. 부추는 생명력이 무척 강하다. 마당
구석 무성한 잡초를 제압하고 꿋꿋이 자란다. 가위
로 밑동을 살벌하게 잘라야 오히려 더 잘 자란다.
겨울을 난 이른 봄 부추가 맛있고 또 가장 영양가
가 있다고들 하지만, 부추전은 여름 한철이 제격이

다. 프라이팬에 부추전 부치는 소리가 여름 소낙비 오는 소리와 닮았다. 그래서 비가 오면 당긴다. 막걸리를 곁들이면 더욱 좋겠다.

하지만 문제가 있다. 부추전은 내가 부쳐야 한다. 아내는 요리하는 걸 좋아하지 않는다. 스스로도 먹는 것은 좋아하지만 하는 것은 별로라고 말한다. 그래서 우리 집 밥상은 아주 소박하다. 밥, 된장국, 김, 두부조림, 김치(가끔) 정도다.

김치는 어쩌다 내가 외부에서 조달해 오는 것에 의존하고 있다. 아내가 김치를 담그는 경우는 드물다. 유년 시절을 시골에서 보낸 나는 먹는 음식이 단조롭다. 회나 육류 등 화려한 음식보다는 유독 김치를 좋아한다. 하지만 행여 아내의 심기를 거스를까 봐 내색은 못 한다. 밖에서는 식생활 신조가 'humble & simple(소박하고 간단하게)'이라고 잘난 척하지만 사실은 자기 합리화나 다름없다. 맛있는 김치를 싫어하는 한국 사람이 어디 있겠는가?

은인자중 끝에 지난가을 일을 저질렀다. 김치 없

거미줄이 여름 햇살에 영롱하다.

는 밥상을 탈출하기 위해 남몰래 학원에 등록한 것이다. 지자체와 한식연구소가 공동 운영하는 10주간의 김치교실 수강생은 30여 명, 그중 남자는 달랑 두 명이었다. 그나마 한 분은 오래전에 은퇴한 어르신이고, 대부분 결혼을 앞둔 이삼십 대이거나 중년의 여성이었다.

김치 종류가 그렇게 많다는 것을 처음 알았다. 어색해하면서도 재미있는 강의가 끝나면 그날 담근 김치를 병에 담아 집으로 가져왔다. 냄새날까 봐 여간 신경 쓰이는 게 아니었다. 그러나 그렇게 정성껏 들고 온 김치도 나 혼자 차지다. 아이들은 쳐다보지도 않고, 내 솜씨에 회의적인 아내는 관심도 보이지 않는다. 두 달 반을 혼자서 먹었던 씁쓸한 기억만 남았다. 그래도 난 포기하지 않는다. 바위를 산 위로 밀어 올리는 시시포스의 심정이다.

얼마 전, 묵은지 김치전 시간에 배운 부추전을 부칠 기회가 왔다. 비 오는 주말이었다. 한번 부쳐 보라는 아내의 허락이 떨어졌기 때문이다. 드디어 부추전 부치는 실력을 자랑할 기회를 잡은 것이다. 마음을 다잡았다.

그런데 애지중지 키운 정원 구석의 부추는 긴 장 맛비에 훌쩍 자라 너무 드셌다. 게다가 꽃까지 피어 전을 부치기에는 이미 맛이 갔다. 부랴부랴 인근 재래시장에서 잘 다듬어 놓은 부추를 한 단 샀다. 나에게 재래시장이란 홍제동 네거리에 있는 유진상가, 인왕시장을 의미한다. 재래시장은 내게 힐링의 공간이다. 가끔 우울할 때 찾는다. 시장통을 한 바퀴 휙 돌고 나면 기분이 좋아진다. 특히 할머니들의 주름진 얼굴을 보면서 많이 반성하게 된다. 부추는 정구지라고도 한다. 정말 손이 많이 가는 채소다. 웬만한 인내심이 아니고서는 다듬기 힘들다. 그래서 시장통 할머니들이 손님을 기다리며 손질해 놓은 부추를 산다.

이제 모든 재료를 완벽하게 갖추었다. 실패하면 안 된다. 내 실력이 스스로도 못 미더워 엄선한 유튜브 영상을 앞에 틀어 놓았다. 복습을 시작했다.

부추전도 별미이지만 꽃은 이렇게 소박하다. 부추꽃이다.

부추는 여러 번 씻고 탈탈 털어 물기를 제거한다. 옛말에 부추는 씻은 물도 버리지 말라고 했을 정도로 몸에 좋다지만, 부침개용 부추는 물기가 없어야 한다. 중불에 프라이팬을 충분히 달군 뒤 기름을 넉넉하게 두른다. 팬이 뜨거워지면 부추를 가지런히 놓고 미리 버무려 놓은 부침 가루 반죽을 한 국자씩 떠서 동그랗게 퍼지게 한 다음 앞뒤로 노릇노릇하게 부친다. 기름이 충분히 달궈졌을 때 올려야만 바삭하게 구울 수 있다 등등.

그러나 말이 쉽지 여간 어려운 일이 아니다. 특히 뜨거운 부추전을 뒤집는 일은 상당한 내공이 필요하다. 결국, 맛있게 부쳐진 동그란 모양의 부추전은 간데없고 갈기갈기 찢어져 조각으로 익게 된다. 보기에도 민망하다. 막상 식탁에 올렸더니 아이들은 뜨악해한다. 풀 같은 것을 반죽과 익힌, 미개인 음식 같다며 질색이다. 아버지의 정성도 모르는 괘씸한 녀석들 같으니….

불만은 점차 부풀어 폭발 직전이다. 아니 자기들은 피자 좋아하면서 '부추전이 어때서'라는 외마디가 혀끝에 맴돌았지만 참는다. 내 눈치만 보는 아이들에게 설움과 비장함이 가득한 목소리로 결국 한마디 한다. "그럼 니네들은 피자 시켜."

착잡하고 안타까운 마음만 가득했던 우리 집 여름 풍경이다. 붉은 칸나꽃 위에 7월 땡볕이 하염없이 부서지고 있다.

나무를 베었다
잠을 이루지 못했다

　나는 나무들을 숭배한다. '좋아한다'가 아니라 숭
배한다. 한자 '쉴 휴休'도 나무에 사람이 기대어 있
는 모습을 형상화한 것이다. 나는 나무를 좋아한다
는 이유만으로 헤르만 헤세를 좋아한다. 그도 나만
큼 나무를 끔찍이 좋아했기 때문이다.
　크고 작은 온갖 나무들은 내게 숭배의 대상이다.
특히 겨울나무가 좋다. 눈 덮인 응달에 외로이 서
있는 겨울나무야말로 내게 진정한 외경의 대상이

다. 그래서 이원수 선생은 겨울나무를 두고 "평생을 살아 봐도 늘 한 자리 넓은 세상 얘기도 바람께 듣고 꽃 피던 봄 여름 생각하면서 나무는 휘파람만 불고 있"는 존재로 묘사했다. 고교 시절 배운 이양하 선생의 수필 〈나무〉 덕분에 나무는 나에게 하나의 거룩한 종교로 각인되었다.

  나무는 덕을 지녔다. 주어진 분수에 만족할 줄을 안다. 나무로 태어난 것을 탓하지 아니하고, 왜 여기 놓이고 저기 놓이지 않았는가를 탓하지 아니한다. 골짜기에 내려서면 물이 좋을까 하여, 새로운 자리를 엿보는 일도 없다. … 나무는 고독을 안다. 나무는 모든 고독을 안다. 안개에 잠긴 아침의 고독을 알고, 구름에 덮인 저녁의 고독을 안다. 부슬비 내리는 가을 저녁의 고독도 알고, 함박눈 펄펄 날리는 겨울 아침의 고독도 안다.

그땐 대학 입시만 생각하고 읽어서였을까, 깊은

의미보다는 그저 의인법, 은유법 등만 공부했었다. 세월이 흘러 다시 곰곰 읽어 보니 선생은 나무를 하나의 완벽한 인격체로 묘사하고 있었다. 나무가 있는 단독에 사는 나는 많은 부분 동감하게 된다. 나무에게서 베토벤 느낌의 절대 고독 또는 장엄함을 느낀다. 나무는 하나의 우주다. 그 품에 별이 스치운다. 곤충, 애벌레 등도 품고 산다.

포플러는 내가 좋아하는 나무 중의 하나다. 일제 강점기, 성장이 빠른 포플러를 강제로 심었다고 한다. 많이 어렸던 시절, 고향 집 강변에는 포플러가 일정한 간격으로 서 있었다. 어린 내가 보기에도 잘생긴 나무였다. 조각구름이 걸려 오도 가도 못할 만큼 어마어마한 높이의 나무. 그 나무 아래서 나는 구슬치기도 하고 팽이 돌리기도 하면서 자랐다. 그리고 그 나무가 미루나무라는 것은 훗날 어른이 되고 알았다. 포플러는 나에게 추억의 기제쯤 된다.

나무를 신앙처럼 경배하던 내가 나무를 베었다.

베기 직전 전나무의 위용이다. 엄청난 크기다.

대문을 들어서면 가장 먼저 반기던 전나무였다. 크기가 장난이 아니다. 오대산 월정사 입구 전나무는 저리 가라 할 정도의 높이 20미터가 훌쩍 넘는 그야말로 아름드리, 엄청난 크기의 나무다. 추정 수령이 1백 년. 그래서 베기 전까지 고민이 많았다. 행여 목신木神이 노할까 하는 두려움도 있었고….

그러나 우리 집 전나무는 안타깝게도 터를 잘못 골랐다. 몇 년 전부터 대문 안쪽 축대가 금이 가고 균열이 심해졌다. 거대해진 뿌리로 축대에 금이 간 것이다. 전문가들은 위험하다며 자를 것을 강력하게 권했지만 나는 완강하게 거부했다. 대신 꽤 많은 경비를 들여 강철 프레임을 설치하는 등 보강 장치를 단단히 해 두었다. 세월이 또 몇 년 흘렀다.

나무는 더욱 우람하게 자랐다. 덕분에 잔디는 햇볕을 받지 못해 대부분 죽는다. 그래도 나는 나무가 좋다. 전나무와 나는 가족 관계로까지 진전됐다. 그러나 딱 거기까지다.

해마다 늦여름이면 태풍이 분다. 드디어 아랫집

에서 들고 일어났다. 태풍에 나무가 자신의 집 쪽으로 쓰러지면 인명 사고가 날 수 있다고 겁을 잔뜩 준다. 나의 고민은 깊어 갔다. 애지중지한 나무를 베어 죽여야 한다니. 그러나 아랫집의 위험함을 지나치기에는 나무가 너무 컸다. 베어 내야 하나. 며칠째 잠을 이루지 못했다.

환청인가, 순간 나무가 내게 속삭였다.

나의 어머니는 자연이다. 내가 죽는 것은 단지 겉모습일 뿐 자연으로 돌아가 다시 새로운 생명으로 탄생할 것이다. 나는 내 조상이 누구인지 모른다. 그러나 여기서 오랜 세월 행복하게 살았다. 이제 나를 낳아 준 자연으로 돌아갈 때가 왔다. 주인인 그대가 걱정하고 염려할 일이 아니다. 내가 가야 할 길을 나는 가는 것이다. 이제 나를 놔줘야 한다.

다음 날 아침 나는 결정했다. 가족 같은 전나무와 이별하기로.

둘러보러 온 조경업자는 혀만 찼다. 가정집에 있기에는 너무 크고 또 문제는 골목길이 좁아 대형 사다리차가 들어오기 어렵다고 했다. 두 번째 조경업자도 같은 대답이었다. 태풍철은 다가오고 이웃은 내 눈치만 살핀다. 결국 두 번째 업자의 새로운 제

베기 일주일 전부터 벌목공의 충고에 따라 군데군데 무명 실타래를 걸었다.

안에 따르기로 했다. 벌목공들이 안전 장구를 메고 나무 꼭대기까지 올라가 차례로 조금씩 잘라 내리는 방식이었다. 시간, 비용이 많이 들고 상당히 위험하다고 했지만 달리 방법이 없었다.

벌목공과 조경업자가 날을 골라잡았다. 자신들만의 방식으로 길일을 택한 것이다. 목신이 놀라면 안 된다고 누누이 강조했다. 사고가 날 수 있다는 것이다. 조경업자의 충고에 따라 어렵게 구한 무명 실타래를 열흘 전부터 나무에 군데군데 걸었다.

드디어 그날이 왔다. 아침부터 대여섯 명의 인부와 트럭 두 대가 골목길을 꽉 채웠다. 나무 밑에 돗자리를 깔았다. 그루터기에 막걸리를 뿌리고 나를 비롯해 벌목공들이 차례로 큰절을 드렸다. 장엄한 이별의 행사였다. 갑자기 비가 쏟아졌다. 아침 무렵 쏟아진 비는 하루 종일 거세게 내렸다. 나무가 물기에 젖으면 미끄러워 위험하다고 벌목공이 울상이었다. 나는 안다. 나무가 나와의 이별을 무척 슬퍼하고 있다는 것을. 아침 일찍 시작된 나무 베기는 깜

베기 직전 나무 언저리에 막걸리를 뿌리며 목신에게 용서를 빌었다.

그루터기 한 토막은 정원의 의자로 변신했다.

깜한 밤이 되어서야 끝났다. 잘린 나무를 가득 채운 두 대의 트럭이 떠나가는 것으로 전나무는 사라졌다. 둥그런 그루터기만 휑하니 남아 있다.

그루터기에 앉아 나이테를 물끄러미 만져 본다. 나무가 겪었던 온갖 고뇌, 아픔, 그리고 행복과 환희가 고스란히 새겨져 있다. 좁은 나이테는 힘들었던 한 해를 보여주고, 풍성하고 굵은 나이테는 행복한 시간을 보냈음을 말해 준다. 밤이 깊어 간다. 나이테를 만지는 내 손 위로 눈물 한 방울이 뚝 떨어진다. 몹시 정들었던 나무였다. 아마 전생에 나와 깊은 인연이라도 있었나 보다.

늦은 밤, 골목길에 들어서면 멀리서도 보이던 우리 집의 상징과도 같았던 나무. 나는 다음 생에서 또 만날 수 있기를 간절히 빌며 일어섰다. 굿바이, 전나무!

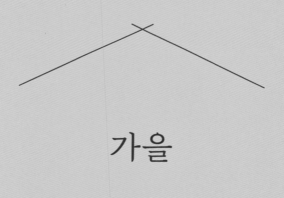

가을

9월,
고등어를 굽다

휴일 아침, 마당 덱에서 고등어를 구웠다. 부엌에서 구우면 하루 종일 집 안에 생선 비린내가 진동한다고 나가서 구워 오라고 아내가 명령했다. 지엄한 분부다. 실제로 집 안에서 구우면 엄청 괴롭다. 문이라는 문을 다 열어도, 후드 팬을 아무리 세게 틀어도 냄새가 진동한다.

그래서 아파트에 살 때는 웬만해서 고등어 굽기가 쉽지 않았다. 이웃집 어디에서 고등어를 구우면

우선 아이들이 '난리 블루스'다. 방향제를 뿌리고 서랍 구석에 있던 향초까지 찾아 켠다. 그래도 비린내는 가시지 않는다. 유튜브에 〈고등어 냄새 없이 굽는 법〉이라는 동영상이 인기라고 한다. 짐작이 간다. 지독하다. 외출복에 배면 끝이다. 그래서 아내는 늘 입버릇처럼 말했다. "아파트에서 고등어 굽는 사람이 가장 몰상식한 사람"이라고. 더구나 연전에 환경부가 느닷없이 고등어구이를 '미세먼지의 주범'으로 지목하면서 고등어는 더욱 밥상에서 밀려나는 신세가 되어 가고 있다.

그러나 단독에 살게 되면서 이 같은 고민은 깨끗이 해결되었다. 찬밥 신세이던 고등어가 다시 우리집 식탁의 단골손님으로 자리매김했다. 마당에서 구울 수 있기 때문이다.

사실 고등어는 오랫동안 보통 한국인들의 밥상을 책임졌다. 쉽게 구할 수도 있다. 그래서 고등어는 예로부터 '바다의 보리'라고 불렸다. 《동국여지승람》에도 우리 민족이 4백여 년 전부터 고등어를

먹어 왔다고 기록되어 있다. '국민 생선'이란 별칭
이 아깝지 않다. 그래서 가수 루시드폴은 노래 〈고
등어〉에서 이렇게 예찬했다.

어디로든 갈 수 있는 튼튼한 지느러미로
나를 원하는 곳으로 헤엄치네
돈이 없는 사람들도 배불리 먹을 수 있게
나는 또다시 바다를 가르네
몇만 원이 넘는다는 서울의 꽃등심보다
맛도 없고 비린지는 몰라도
그래도 나는 안다네 그동안 내가 지켜 온
수많은 가족들의 저녁 밥상
나를 고를 때면 내 눈을 바라봐 줘요
난 눈을 감는 법도 몰라요
(…)
가난한 그대 날 골라 줘서 고마워요
수고했어요 오늘 이 하루도

고등어의 시점으로 풀어낸 가사가 인상적이다.

고등어 굽기는 언제나 내 담당이다. 캠핑 갈 때 사용하던 소형 부탄가스 버너를 이용한다. 가장 중요한 것은 물기 빼기다. 깨끗하게 씻은 뒤 물기를 쏙 빼야 한다. 그래서 굽기 전 한 시간 정도 채반에 밭쳐 놓는다. 그렇게 하지 않으면 기름이 튀어 얼굴이 델 수 있다. 식용유를 넉넉하게 두르고 중불에 적당히 달군 프라이팬에 고등어를 가지런히 얹는다. 이제 불의 강약을 조절하며 지켜보면 된다. 긴

고등어가 지글지글 익어 간다.

젓가락이나 집게로 앞뒤를 뒤집어 골고루 익힌다.

지글지글, 고등어 익는 소리에서도 운율이 느껴진다. 일단 데워지면 고등어에게서 기름이 엄청 나온다. 특히 추운 바다에서 자란 노르웨이산, 스웨덴산 수입 고등어는 국내산보다 기름이 더 나오고 훨씬 고소하다. 고등어만큼은 신토불이가 아니다. 노릇노릇 익을 때쯤이면 후각은 이제 피로해져 비린내를 거의 못 맡게 된다. 설사 비린내가 있다 해도 별것 아니다. 괴롭던 냄새도 탁 트인 푸른 하늘에 퍼지면 그뿐이다.

고등어를 굽는 아침, 9월의 하늘은 더욱 파랗고 공기는 더없이 맑다. 멀리 동네 길냥이들이 지켜보고 있다. 한 토막 던져주고 싶지만 아내가 길들이면 안 된다고 펄쩍 뛴다. 그래도 꽁지 부분을 몰래 슬쩍 던져준다.

고등어를 구우면 불현듯 유년 시절로 돌아간다. 방학 때 시골 친척 집을 찾을 경우 내 손에는 늘 자반고등어 한 손이 들려 있었다. 한 손이란 두 마리를 뜻한다. 때로는 소금에 절인 간 갈치, 가끔 소고기 국거리가 등장하기도 한다. 그러나 고등어가 가장 많았다.

그중에서도 이모 집 가는 길이 가장 즐거웠다. 뒤뜰에는 석류꽃이 반짝였고 제법 큰 과수원을 소유한 유복한 이모네 광에는 먹을 것이 늘 넘쳐났기 때문이다. 컴컴한 광에 들어서면 큰 항아리가 있고 그곳에는 잘 익은 홍시, 고구마, 석류 등등 없는 게 없었다. 세상의 모든 이모들이 그렇듯 나의 이모도 우리 형제를 무척 반겨 주셨다. 어린 시절, 며칠 놀다가 떠날 때면 용돈으로 몇백 원을 쥐여 주며 눈물을 글썽이던 모습이 생생하게 떠오른다. 그 시절, 신문지로 둘둘 싸서 새끼줄로 묶은 고등어를 들고 마냥 즐거워하며 걸었던 이모네 나들잇길이 어제같이 선명하다.

9월의 정원이 서서히 가을빛에 물들어 간다. 상대적으로 눈에 띄는 게 파꽃이다. 술자리에서 누군가 파에도 꽃이 있느냐고 묻는다. 파에도 꽃은 핀다. 어느 꽃인들 아름답지 않겠는가. 그러나 파꽃은 좀 다르다. 아름답지도 향기롭지도 않다. 게다가 꽃이 피는 방식도 다르다. 파가 오동통 살이 찐 뒤 늙으면 그 꼭대기에 동그란 공 모양의 꽃을 피운다. 그렇기에 꽃으로 인식하지 못하는 경우가 많다. 파꽃은 서러운 꽃이다. 누구도 살아오면서 파꽃 다발을 받아 본 적이 없을 것이다. 청춘의 가슴에 뜨겁게 안기지도 않는다. 소녀의 머리에 공손히

파에도 꽃이 핀다. 동그란 공 모양이다.

꽂히지도 않는다. 그런 파꽃을 가만히 보면 '예뻐야만 꽃인 것은 아니다', '나도 꽃이다'라고 떼를 쓰는 것 같다.

　마당 구석에 외롭게 자리한 파꽃에 나는 특별한 애정을 느낀다. 동그란, 하얀 눈깔사탕 모습의 꽃은 애틋하다. 텃밭에 파를 두고도 파를 사 들고 오는 나를 보고 아이들이 놀린다. 정이 들어 차마 베어 먹지 못하고 있는 것이다. 그 옛날 어머니는 갓난아기 뺨 같다며 유난히 파꽃을 좋아하셨다. 그런 어머니는 초록색 소주병에 파꽃을 꽂아 대청마루 구석에 올려놓았다. 동그란 파꽃에서 번지던 매운 냄새가 지금도 선명하다. 수돗가 파꽃에 검은 머리가 파뿌리가 된 고향의 어머니가 겹쳐 보인다.

　순간 정원 한편 자두나무에 달려 있는 풍경 소리가 가을바람에 명징하게 울려 퍼진다. "댕그렁 울릴 제면 더 울릴까 맘 졸이"게 된다. 세월은 가고 오는 것, 고등어를 굽는 잠깐 동안 난 잠시 유년의 꿈을 꾸었다.

9월이다. 9월이 오면 모두가 조금씩 말이 줄어들게 된다. 오늘따라 고등어 굽는 냄새가 하나도 비리지 않다. 가을이 오고 있다.

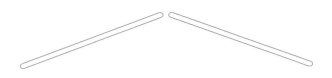

바지랑대를
아십니까

아주 어린 시절, 나는 시골에서 살았다. 대개의 시골집에는 꽃밭이 있었다. 칸나, 샐비어, 채송화, 봉선화, 작약 등등이 기억난다. 아, 장미는 그땐 참 귀했다. 그리고 당시 내가 살던 집 정원에는 박하가 많았다. 박하 잎을 따서 혓바닥에 갖다 대면 싸한 박하 향이 가만히 퍼졌다. 요즘 말로 페퍼민트 향이다. 단독에 대해 판타지를 갖게 된 데에는 이같은 유년의 추억이 단단히 한몫했다.

단독에 이사 오면서 늘 그 시절의 꽃밭을 재현하려는 욕망을 가지게 되었다. 마당 수돗가 옆에 채송화, 봉선화를 심었고 모란, 작약 등을 마당 구석에 한 줄로 심었다. 그 옆을 이어 코스모스, 구절초, 달리아 등등이 차지하고 있다. 그러나 채송화, 봉선화는 너무 커 보기에 영 부담스럽다. 개량종들이다. 더 이상 그 옛날 작고 소박한 꽃이 아니다. 채송화도 그렇지만 봉선화는 아이들 키만큼이나 커 징그럽기까지 하다. "손대면 톡 하고 터질 것만 같은 그대"가 아니다. 더 이상 처량하지도 않다.

단독으로 이사 온 지 서너 해, 꽃밭은 이제 제법 구색을 갖추었다. 아침저녁 출퇴근길, 꽃밭에서 꽃잎을 본다. 고운 빛은 어디에서 왔을까.

내가 태어나서 처음 배운 노래는 〈꽃밭에서〉였다. 하루 고작 세 번, 신작로에 먼지를 풀풀 날리며 시골 버스가 다니던 시절, 마초 아버지를 하염없이 기다리던 어머니는 밤이 이슥해지면 취학 전 어린 삼 형제에게 하모니카를 불어 가며 이 노래를 가르쳤다.

아빠하고 나하고 만든 꽃밭에
채송화도 봉숭아도 한창입니다
아빠가 매어 놓은 새끼줄 따라
나팔꽃도 어울리게 피었습니다
애들하고 재밌게 뛰어놀다가
아빠 생각나서 꽃을 봅니다
아빠는 꽃 보며 살자 그랬죠
날 보고 꽃같이 살자 그랬죠

한국인이라면 이 노래를 모르는 이가 없을 것이
다. 지금도 초등 음악 교과서에 실려 있다. 그러나
이 노래가 전쟁에 나가 돌아올 기약조차 없는 아
버지를 기다리는, 지독히 슬픈 노래라는 것을 아는
사람은 드물다. 나도 군인 친구 덕에 비로소 알았
다. 6·25 전쟁 중이던 1953년 발표됐고 전쟁 통에
헤어진 아버지를 그리는 노래다. 예쁘게 핀 꽃과

꽃밭을 만든 자상한 아빠와 딸아이를 상상하던 사람들은 놀라게 된다. 가만히 불러 보면 슬프고 애잔하다. 전쟁으로 인해 돌아오지 못한 아빠를 그리고 있는 아이를 상상하면 목이 메어 끝까지 부르기 어렵다. 6·25 전쟁이 시작된 6월과 3년의 전쟁 끝에 휴전이 된 7월, 모두 여름이다. 채송화도 봉숭아도 한창이고 나팔꽃도 어울리게 피는 계절이다.

생각이 꼬리에 꼬리를 문다. 아주 어린 시절이다. 봉선화꽃이 피면 동네 누나들은 봉선화 꽃잎을 찧어 백반을 넣은 꽃물을 손톱에 싸서 물들이곤 했다. 내가 해 달라고 하면 "남자애가 봉선화 꽃물을 들이면 고추가 달아난다"고 놀려 대었다. 〈봉선화〉란 시조도 생각난다. 시조 시인 김상옥의 작품인데 교과서에 나온 덕분에 기억한다. 그때 국어 선생님은 시조를 달달 외우게 하고 못 외우면 여지없이 귀싸대기를 벌겋게 올렸다. 참 아이러니하게도 지긋지긋한 그 선생님 덕분에 봉선화만 보면 그 시조가 생각난다.

가을볕이 마당에 가득하다. 앞마당을 가로질러 기다란 빨랫줄을 묶었다. 전나무 그루터기와 감나무를 이어 놓은 빨랫줄에 온갖 잡동사니들이 매달려 있다. 바람이 불자 사그락사그락 묘한 소리를 낸다. 랄로의 바이올린보다 명징하다. 빨랫줄 뒤는 푸른 바다, 그 틈새로 언뜻언뜻 북한산이 손에 잡힐 듯 가깝다.

빨래를 널고 나니 바지랑대가 생각난다. 널어 놓은 빨래의 무게를 못 이겨 줄이 늘어지면 중간 어디쯤 세워 빨래가 땅에 닿지 않게 하는 긴 장대다. 딱히 대나무가 아니라도 된다. 그저 길면 된다. 이제 바지랑대를 아는 사람은 드물다. 아파트 또는 연립주택과 같이 마당이 없는 집에 사는 요즘엔 보기 힘든 물건이다. 설령 마당이 있는 집이라 하더라도 마트에서 파는 스테인리스 빨래 건조대에 옷들을 넌다. 그래서 바지랑대는 이제 현대사 박물관 정도에 가야 볼 수 있다.

바지랑대는 혼자 서질 못한다. 빨랫줄 사이에 끼

따스한 가을볕에 빨래를 널었더니 빨랫줄이 아래로 축 늘어진다. 요즘엔 보기 힘든 바지랑대가 생각난다.

우고 세워야 독립이 가능하다. 비록 혼자 설 수 없는 긴 장대일 뿐이지만 빨랫줄 사이에 세워 두면 바람이 불어도 흔들흔들 균형을 잘 잡는다. 사람과 사람의 관계에도 바지랑대 역할을 하는 사람 또는 그런 상황이 필요할 때가 있다. 끝과 끝에 서서 힘 있게 잡아 주는 역할도 중요하지만, 중간 어디쯤에서 받쳐 주는 바지랑대 역할이 필요할 때가 있는 것이다.

불현듯 옛 시골집 바지랑대가 생각난다. 여름에는 호랑나비가, 가을에는 고추잠자리들이 주로 앉아 낮잠을 즐겼다. 햇살 가득한 날, 어머니가 촉촉이 젖은 빨래를 탈탈 털면 안개처럼 흩어지는 기체의 촉촉함이 그렇게 좋았다. 바지랑대를 붙잡고 놀던 기억이 오늘같이 선명하다. 세탁기에 건조기까지 넘치는 시대, 늦은 오후 마른빨래를 걷을 때 느끼는, 바스락거리는 뽀송한 섬유의 촉감을 아는 마지막 세대가 되었다. 그 시절 그리움에 하찮은 감상에 젖게 된다. 그리고 지금은 늙으신 어머니가 그땐 몹시도 젊었다. 가을이 가기 전에 바지랑대를 하나 구해야겠다고 생각한다. 그러나 잠깐, 서울 하늘 밑에서 바지랑대를 구하기란 하늘에서 별 따기보다 어렵지 않을까?

정원 구석에 장미꽃이 피었다. 백장미다. 어느덧 10월, '초추의 양광' 아래 간만에 핀 장미꽃이다. 아마 올해 필 수 있는 마지막 장미일 것이다. 하루가 다르게 기온이 내려가는 산기슭 집, 더 이상 꽃을

가을에 핀 백장미

기대하기 어렵다. 화려함의 상징이지만 가을볕 아래 백장미는 무척 외로워 보인다.

백장미는 귀하다. 그래서 예전엔 만화의 주인공으로도 가끔 등장했고 나치에 저항한 단체 '백장미단'도 있었다. 연인을 위해 장미꽃을 꺾다가 가시에 찔려 51세의 나이에 죽은 시인 릴케가 생각난다. 평소 백혈병을 앓던 릴케, 장미 가시에 왼손이 찔렸는데 패혈증으로 나중에는 오른손까지 쓰기 어려워졌고 두 손에 통증을 느끼다 사망했다는 짠한 이야기다.

장미꽃 뒤로 담장을 에워싸고 있는 담쟁이는 이미 붉은빛을 잃어 가고 있다. 정원에 가을이 깊숙이 들어왔다. 가을엔 편지를 써야 한다고 했는데 이제 그 대상이 없어졌다. 낙엽이 쌓이는 날엔 모르는 여자가 아름답다는 시구절이 서서히 이해되는 나이다. 가을이 깊을 대로 깊었다. 또 한 시절이 가고 있다.

생애 단 한 번 피는
대나무꽃을 기다리며

아침저녁 골목길에서 이웃을 만나게 된다. 단독
주택에 살면 어쩔 수 없이 이웃과 알은체하게 된
다. 왜냐고 묻지 마시라. 그냥 자연스레 그렇게 된
다. 아파트에서 사는 동안에는 그런 경우가 드물었
다. 예전에 구반포 아파트에 살 때다. 이사 온 이튿
날, 앞집과 아랫집, 윗집 딱 세 집에 이사 떡을 돌렸
다. 반응이 참혹했다. 한마디로 귀찮은데 왜 이런
거 들고 왔느냐는 표정이 역력했다. 화끈거리고 무

안해 다시는 알은체하지 않겠다고 굳게 다짐했다.

그러나 단독주택에 살면 자연스레 인사를 하게 된다. 삽, 톱 등 기구나 장비를 서로 빌릴 경우가 생긴다. 또 봄날에는 꽃씨도 나누고 가을이면 골목에 쌓인 낙엽을 같이 쓴다. 눈이 오면 저마다 나와 눈을 치워야 한다. 제집 앞 눈을 치우지 않으면 모두가 힘들기 때문이다. 집 앞에서 서성이다 보면 지나가는 이웃이 인사 겸 한마디를 한다. 응답을 안 하려야 안 할 수 없는 분위기다. 인사말은 다양하다. 그중 자주 듣는 인사가 "대숲이 보기 좋습니다", "동네 분위기를 확 살립니다"이다.

정원에는 대나무가 있다. 정확하게는 집 바깥 정원이다. 10여 그루가 넘으니 꽤 무성한 편이다. 일급비밀을 공개하자면 지금 사는 집은 전설적인 건축가 김수근 선생의 작품이다. 선생은 당시로는 파격적으로 집 바깥에다 한 평 크기의 정원을, 외벽을 따라 역시 두세 평 기다란 정원을 만들어 놓았다. 이웃을 위한 공간쯤 된다. 대문 바깥 한 평짜리

대나무는 내게 고향이다. 고향 집에서 가져다 심은
대나무가 하루가 다르게 자란다.

정원에는 대나무가 무성하다.

대나무는 내게 고향이다. 오랫동안 아파트에 살다가 단독으로 이사 온 그날 문득 고향 집 대나무가 생각났다. 그리고 굳게 결심했다. 가져와 심어야겠다고. 그러나 서울에서는 대나무 키우기가 쉽지 않다. 하루 종일 햇볕이 드는, 특별히 따뜻한 장소는 몰라도 대부분 어렵다. 난대성 식물인 대나무는 한반도에서 자라는 여건이 상당히 제한적이다. 중부 이남과 제주도에 많이 분포하고 있다. 생명력과 번식력은 놀랄 정도다. 히로시마 원폭 피해에서 유일하게 살아남은 나무다. 고온다습한 열대 지방에서는 하루에 1미터까지 자랄 수 있다고 한다. 그러나 추위에는 아주 약하다. 서울에서는 죽지 않고 그저 살아 주는 것만으로도 고마울 따름이다.

대나무는 서양에서는 쳐주지 않지만 유독 한국, 일본, 중국에서 인기가 있다. 당나라 시인 소동파가 말했다. "고기가 없는 식사는 할 수 있지만 대나무 없는 생활은 할 수 없다. 고기를 안 먹으면 몸이 수척하지만 대나무가 없으면 사람이 저속해진다" 고. 일본도 비슷하다. 유명 일식당에 가면 '노렌'이라고 해서 천으로 만든 커튼 같은 것이 출입문에 달려 있다. 대나무 그림이 많다. 절개가 굳으며 군자가 본받을 품성을 모두 지녔다는 게 유교권의 해석이다. 절대적으로 추앙받는 이유가 된다.

그러나 처음 대나무 얘기를 꺼냈을 때 아내를 비롯한 주변 사람 모두가 반대했다. 어떤 이는 번식력이 강한 대나무 뿌리가 방바닥에 뱀처럼 올라온다고 엄청 겁을 준다. 그래도 키워야겠다. 인편에 부탁해 고향에서 열 그루를 가져왔다. 미리 거름을 잔뜩 뿌려 둔 집 바깥 정원에 심었다. 대나무는 물을 많이 줘야 한다. 그날 이후 무사히 뿌리 내릴 때까지 아침저녁 물을 줬다. 옮겨심기로 시들시들했던 대나무가 한 달 만에 초록빛을 되찾기 시작했다. 딩동, 성공한 것이다.

이식에 성공했다 해도 안심할 수 없다. 추운 겨

울이 기다리고 있기 때문이다. 비닐이 딱이다. 그
해 늦가을, 방산시장에서 대형 투명 비닐봉지를 사
왔다. 두세 그루마다 비닐봉지를 덮어씌우고 아래
를 묶었다. 찬바람이 들어가는 것을 막기 위해서
다. 눈이 내리는 날에는 즉시 치워야 한다. 쌓인 눈
이 햇볕을 가리기 때문이다. 겨우내 누렇게 말라
가는 모습에 애간장을 태웠다. 해가 바뀌어 봄이

정원 대나무들에게 비닐 외투를 입혔다. 부디 견뎌 내
고 따뜻한 봄날에 무사히 만나길 빌어 본다.

왔다. 대나무는 나의 정성에 보답하듯 파릇파릇 살아났다. 고등학생 때 배운 '정신일도 하사불성精神一到 何事不成(정성을 다하면 모든 일이 이루어진다)'이 실감난다.

그새 무럭무럭 자란 대나무는 2년이 지나지 않아 내 키를 훌쩍 넘겼다. 그중 두 그루는 크면서 까만색을 띠기 시작했다. 오죽이다. 표피가 검은색이라고 하여 한자 '까마귀 오烏' 자를 써서 오죽이다. 오죽은 처음에는 녹색으로 자라다가 점차 검은색으로 변한다. 강릉 오죽헌의 바로 그 오죽이다.

대나무는 이제 우리 집의 상징처럼 되었다. 그래서 주변 사람들이 당호인 '세이장洗耳莊'으로 부르기보다 대나무집이라고 부른다. 여전히 아내에게는 별로다. 대나무가 너무 자라면 무당집이나 점집으로 오해받는다며 잘라 달라고 야단이다. 실제로 무속 신앙에서는 대나무를 신령스러운 나무로 여겼다. 그래서 무속인 집에 대나무를 세워 두기도 한다. 그러나 나는 톱을 들이대기가 싫다. 아내 눈치

보는 게 요즘의 내 일과다.

대나무는 좀처럼 꽃이 피지 않는다. 백 년에 한 번 필까 말까다. 그러니 일생에 꽃을 보기가 어렵다. 서양의 아가베는 생애 딱 한 번 꽃을 피우고 죽는다. 백 년에 딱 한 번 피우기 때문에 '세기의 식물 century plant'이라 명명되었다. 대나무도 딱 한 번 꽃을 피운 뒤 곧바로 말라 죽는다. 그래서 대나무가 꽃을 피우면 절간 같던 산림청이 분주해진다. 보도자료를 내고 기자회견까지 한다. 뉴스를 보고 사람들은 꽃을 보기 위해 몰려든다. 꽃 앞에 줄을 서서 사진을 찍는다. 생애 단 한 번 보기 힘든 꽃이라 생각하니 정원 대나무가 더욱 귀하게 보인다.

언젠가 일본의 식물원에 갔을 때, 많은 사람이 꽃 핀 대나무를 둘러싸고 있던 풍경을 봤다. 그러나 솔직히 대나무꽃은 이쁘지 않다. 꽃 자체보다는 희귀한 꽃을 볼 수 있는 기회가 왔다는 사실에 사람들은 즐거워하는 것이다. 꽃이 언제 필지도 현재의 과학으로는 예측하기가 어렵다고 한다. 언젠가 나도 우리 집 대나무에 꽃 피는 풍경을 한번 봤으면 좋겠다. 가을바람에 대나무가 쏴아 소리를 낸다. 그런 대숲을 가만히 보면 그 여린 줄기를 꺾어 피리를 불던 어린 내가 보인다.

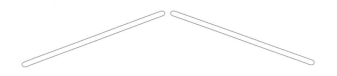

낙엽 타는 냄새에서
커피 향이 날까

11월은 낙엽의 계절이다. 낙엽에 관해 이야기하려면 이효석의 〈낙엽을 태우면서〉를 정독하고 시작해야 한다. 고등학생 때 배웠다. 워낙 명문인 데다 대입 시험에 자주 출제된 탓에 지금도 대부분의 문장을 또렷하게 기억하고 있다. 그러나 그땐 이 글이 주는 깊은 의미는 이해하지 못했다. 마당의 낙엽 치우기는 대부분 부모님이 해결했고, 원두커피는 그 당시 워낙 귀해 고등학생인 내가 마실 기회가 아예 없었다.

　이 글의 정점은 낙엽을 태우는 냄새가 잘 볶은 커피 향과 같다는 데 있다. 이 구절이 몹시 궁금했다. 가난했던 개발 연대, 그때는 대부분 인스턴트 커피 시대였다. 지금처럼 원두를 갈아서 향을 음미하는 호사는 상당한 상류층이 아니면 상상조차 힘들었다. '커피 볶는 냄새 = 낙엽 태우는 냄새'라니, 도통 모를 소리였다. 그러나 이제는 안다. 거리에는 스타벅스가 널려 있고 예가체프, 코나, 블루마운틴, 루왁 등 세계 최고의 명품 커피를 마시고 향을 음미할 수 있는 나라다. 그래도 그때 궁금했던 '낙엽 태우는 냄새 = 커피 향'을 실험해 보는 기회가 생겼다. 흐, 즐겁다. 단독 사는 즐거움 아닌가.

　지난해 가을이다. 친구들 불러 폭탄주에, 와인에 바비큐 파티가 한창이다. 누군가 바람을 잡았다. 단독 좋다는 게 뭔가. 가을인데 커피 향을 한번 음미해 보자. 이효석 선생의 글이 맞는지 테스트하고 싶다는 것이다. 한 친구가 다짜고짜 낙엽을 모아

마당 구석에 불을 지폈다. 푸드득 불길이 환상적이다. 모두가 불멍때리느라 사위가 잠시 숙연하다. 한 친구는 대학 시절 캠프파이어가 생각난다며, 그때 여친이 그립다고 눈시울을 적신다.

순간, 초인종이 급박하게 울리고 소방대원 서넛이 집 안으로 들이닥친다. 사진을 찍고 야단들이다. 누군가가 신고해서 출동했다는 것이다. 골목에는 소방차 두 대가 와 있고 동네 사람들 서너 명이 기웃거리고 있다. 엄청 당황스럽다. 서둘러 불을 끈다. 이번엔 그냥 가지만 다음에는 과태료가 부과된다며 소방대원이 엄중히 경고하고 떠났다.

현행법상 도심에서는 단독이든 아니든 낙엽 소각은 불법이라고 한다. 환장한다. 내 집에서 한 움큼 낙엽 태우는 것도 금지된다니. 씁쓸하다. 유학 시절, 미국에서는 마음대로 모닥불도 피우고 바비큐도 하고 낙엽도 태웠는데, 유구무언이다. 이효석의 글처럼 낙엽 타는 냄새를 맡고 생활의 의욕을 한번 느껴 보려 했지만 술자리 분위기는 완전 꽝,

단독주택에서는 계절을 온몸으로 느끼게 된다. 가을은
마당 가득한 낙엽으로 실감한다.

저마다 취해 집으로 돌아갔다.

가을이 깊어지면 마당은 온통 낙엽 천지가 된다. 가끔 가만히 맨발로도 걸어 본다. 수북이 쌓인 낙엽 위를 걷는 촉감이 너무 좋다. 끝내준다. 아스팔트와 콘크리트를 걷던 발이 부드러운 양탄자 위를 걷는 듯한 호사를 누린다.

추풍낙엽秋風落葉, 어떤 일의 무상함이나 허무함을 나타내는 말이다. 실제로 바람에 우수수 떨어지는 낙엽을 보면 실감하게 된다. 나무들이 1년 내내 간직했던 나뭇잎을 모두 떨구는 데는 불과 일주일도 걸리지 않는다. 추운 날에도 잎이 달려 있으면, 뿌리에서 수분을 공급하지 못하는데 잎으로 수분이 빠져나가 고사하게 된다. 그래서 스스로를 떨어뜨려 나무를 살게 하는 것이다. 어찌 보면 살신성인의 모습, 죽음이 곧 새로운 삶의 터전이 되고 있다. 그 덕에 봄이 오면 나무는 새잎을 내밀게 된다.

그런 즐거움도 잠깐, 낙엽 치울 생각에 머리부터 지끈거린다. 상상을 초월한다. 가을 느낌이 흠뻑

날 때쯤이면 노란 은행잎들이 마당을 가득 채운다. 그나마 은행나무는 한꺼번에 후드득 떨어진다. 불과 일주일 만에 떨어져 수거하기는 편하지만 그래도 지름 1.5미터가 넘는 거대한 암수 두 거목에서 떨어지는 은행잎의 위력은 엄청나다. 샛노란 색을

가을이 깊어지면서 은행나무가 샛노랗게 물들어 간다.

뿜어낸다. 열매도 골칫거리다. 서둘러 처리해야 한다. 혹시라도 짓물러 터지면 큰일 난다. 냄새가 장난이 아니다. 문 열기가 두려워진다. 두 포대쯤 나오는 은행 열매는 혼자 사시는 이웃 어르신이 가져가신다. 은행잎도 처치 곤란이다. 학창 시절엔 책갈피 속에 소중하게 간직하기도 했지만 너무 많아진다.

가장 성가신 것은 단풍나무다. 단풍나무 낙엽은 바람이 불 때마다 조금씩 아주 조금씩 떨어진다. 끈질기다. 한겨울에도, 심지어 이른 봄까지도 떨어진다. 왕스트레스다.

처음에는 그냥 두고 보기로 했다. 딱 일주일 간다. 일주일 지나면 치워야 한다. 부서지고 검게 썩어 보기에도 흉하기 때문이다. 방산시장이나 가까운 전통시장에 나가 대형 비닐봉지를 스무 개 정도 구입한다. 그리고 하루걸러 쓸어 담아야 한다. 게다가 낙엽을 채운 봉지들은 구청에서 수거해 가지 않는다. 주민센터에 가서 수거용 스티커를 별도로

한겨울에도 단풍나무에 단풍이 가득하다. 늦봄이
돼야 잎들이 다 떨어진다. 엄청난 생명력이다.

구입해 붙여야 가져간다. 처리 비용이 꽤 든다. 그래서 이효석 선생이 강조했던 '가을이 깊어지면 매일 뜰의 낙엽을 쓸어야 한다. 특히 여름의 아름다움을 잃어버린 담쟁이 낙엽을 치우는 일이 귀찮다'는 구절이 얼마나 현실적인 서술인지 비로소 알게 되었다.

사실 선생의 글이 의미 있는 것은 발상의 전환 때문이다. 가을은 만물이 생명력을 잃어 가는 계절. 사람들은 지난여름의 화려한 초록을 그리워하고 못다 이룬 꿈을 아쉬워하는 감상주의에 빠지기 십상이다. 그러나 이 글은 이 같은 센티멘털리즘을 경계하며, 가을이야말로 일상의 중요함을 일깨우는 절기임을 강조한다. 그래서 내린 결론이 가을은 생활의 계절이라는 것이다. 아파트에 살면 절대 모른다. 귀신 씻나락 까먹은 소리일 뿐이다.

그래도 떨어지는 낙엽을 보면 누구나 마음이 싱숭생숭해진다. 생의 덧없음을 보여주고 있기 때문이다. 그래서 어떤 사람은 "시몬, 너는 좋으냐? 낙

엽 밟는 소리가"라는 R. 구르몽의 〈낙엽〉이란 시를
생각해 내고, 또 어떤 사람은 자크 프레베르의 시
에 곡을 붙인 이브 몽탕의 샹송 〈고엽〉을 듣게 된
다. 낙엽에 대해서는 저마다 느낌이 있고 모두가
할 말이 많다.

　산기슭 집, 찬바람이 지나간 11월의 아침은 서리
와 안개로 종종 흐려진다. 늦가을에는 가지치기가
딱이라고 들었다. 전지가위를 들고 배롱나무, 수
국, 들장미 가지를 제법 모양 나게 잘랐다. 가지치
기를 끝낸 뒤 마당 구석에 쌓여 있는 마지막 낙엽
을 치우고 하늘을 바라본다. 눈은 언제 오려나. 늘
마지막 낙엽을 치우면 첫눈이 오더니만 눈은 오지
않고 밤사이 늦가을 비가 조금 내렸다. 어느새 바
람이 차다. 집은 이제 겨울로 가는 길목에 웅크리
고 있다.

구절초 꽃잎 위에
가을볕이 따스하다

결혼 후 이삿짐을 싼 횟수를 따져 보니 일곱 번이다. 남들처럼 운 좋게 아파트에 당첨된 것도, 재테크 목적으로 이사한 것도 전혀 없다. 그럼에도 불구하고 예상보다 많은 횟수에 스스로도 적잖이 놀란다. 하기야 늦깎이 유학으로 삼십 대 후반에 나라 밖까지 짐 싸 들고 나갔다 들어왔으니 그럴 만도 하다. 단독으로 이사 온 수년 전 그날 밤, 이제 내 인생에 이사는 끝났다고 생각했다. 힘에 부치는 그날까지 살겠다는 굳은 결심을 하고 왔기 때문이다.

많은 한국의 기성세대와 마찬가지로 단독살이는 나의 버킷 리스트 중 최상층에 있는 것이었다. 그래서 대문을 지나 마당에 들어서기만 해도 기분이 좋다. 엔도르핀이 솟는 느낌이다. 처음 몇 년을 힘들어하던 아내와 아이들도 요즈음 상당히 만족해하는 눈치다. 사실 단독은 겨울만 빼면 천국이다. 즐겁고 황홀하기까지 하다. 이른 봄날의 수선화부터 5월의 장미, 모란, 작약, 황매화, 텃밭의 채소, 샛노란 은행잎 등등을 지켜보면 기분이 아주 좋아진다.

갓 스무 살 서울로 유학 와 직장을 가지고 결혼을 하고 아이들을 낳고 살다가 이렇게 마당 깊은 집에 산다고 생각하니 스스로 대견하기까지 하다. 그러면서 살고 있는 단독과 평생을 함께해야겠다고 새삼 결심을 다진다.

단독에 살면서 꽤 넓은 서재가 생겼다. 서재는

나만의 공간이다. 작은 오디오가 있고 꽤 많은 원판 클래식 음반이 있다. 직업 탓인지 끊임없이 버렸는데도 여전히 책들이 산더미다. 서재 중앙에는 커다란 직사각형 원목 탁자가 자리하고 있다. 책상용이다. 나는 서랍이 없는 책상을 끔찍이 선호한다. 그래서 연구실에도 가문비나무로 직접 짠 대형 탁자가 책상을 대신한다. 교수에게 제공되는 책상, 의자는 물론 학생 면담용 탁자, 의자는 모두 반납했다. 목공소에 가서 직접 짠 커다란 원목 탁자와 까만 일인용 가죽 소파가 연구실 가구의 전부다. 가끔 방문객들이 놀라워한다. 다른 교수 연구실과 달리 심플한 데다 원목에서 풍기는 나무 향기에 호기심을 갖는다. 사실 나는 책상과 의자, 문구류에 집착이 좀 있는 편이다. 그래서 의자도 허먼 밀러 제품이다. 장시간 책 읽기에 딱이다.

집 서재에 들어서면 내심 쾌재를 부르는 게 또 있다. 맘대로 노래도 부르고 음악도 크게 들을 수 있다는 것이다. 모노로 녹음된 질리의 〈귀에 익은

초록빛을 뿜어내던 담쟁이덩굴도 단풍이 들고 있다.

그대 음성〉이 나의 애창곡이다. 비 오는 저녁(눈 오는 한밤은 더 좋다), 조용히 들으면 절로 탄식이 나온다. 일제 강점기에 녹음된 동요 〈달마중〉도 절창이다. 폐부를 찌르는 것 같다. 유튜브에도 있으니 꼭 한번 들어 보시라.

노래를 좋아하는 탓에 수년 전 내가 가르치던 대학원생들과 아카펠라 합창단을 만들었다. 멤버 중

누가 올렸는지 유튜브에도 노래하는 영상이 올라와 있다. 박자도 음정도 제대로 안 맞지만 그래도 멋있다. 또 있다. 그동안 수차례 이사하면서도 잡다한 이삿짐 속에 중고교 시절 배웠던 서너 권의 빛바랜 음악책은 꼭 챙겨 왔다. 책들을 넘기면 그 속에 나의 십 대가 고스란히 살아온다.

"옛날부터 전해 오는 쓸쓸한 이 말이 가슴속에 그립게도 끝없이 떠오른다"로 시작하는 〈로렐라이〉와 〈봄처녀〉, 〈켄터키 옛집〉은 중2 책에 등장한다. "옛날의 금잔디 동산에"로 시작되는 〈매기의 추억〉도 중학교 책에 나온다. 고등학교 음악책은 중학교와 달리 3년 전 과정에 달랑 한 권뿐. 그러나 그 한 권을 통해 우리는 음악을 공부하고 꿈꾸고 노래했다.

"봄의 교향악이 울려 퍼지는 청라 언덕"으로 시작되는 박태준의 〈동무생각〉도 보인다. "아름다운 저 바다와 그리운 그 빛난 햇빛"의 〈돌아오라 소렌토〉를 목청껏 외칠 때만큼은 대입에 시달리던 까까머리 십 대들도 잠시 먼 나라 이국정서에 젖었다. 그래서 대학 시절 미팅이라도 있을 때면 구태여 '소렌토'라는 이름의 양과잣집이나 카페를 고집했던 기억도 있다. "기러기 울어 예는 하늘 구만리"를 두고 '울어 대던'이 맞다고 대들다 음악 선생에게 코피 나게 얻어터진 동창생도 있었다. 그뿐인가. 시절이 하 수상하다 보니 "배우면서 지킨다"로 끝나는 학도호국단 노래도 눈에 띈다.

돌이켜 보면 학창 시절 배운 노래들은 참으로 소중한 것들을 이 땅의 기성세대에 선사했다. 곤고하고 암울했던 시절, 십 대들은 그나마 억지로 지켜진 음악 수업 덕분에 베토벤을 듣고, 차이콥스키의 〈안단테 칸타빌레〉라는 묘한 이름의 음악을 조금씩 알게 된 것이다. 그래서 나는 나라 밖 여행을 할 때마다 음악책에 등장하는 그곳을 찾아보는 편력을 가지게 된다. 〈콜로라도의 달 밝은 밤〉을 열심히 불렀지만, 막상 콜로라도 덴버나 볼더, 애스펀에 가서는 그 노래를 아는 사람이 없어 당혹스러웠

다. 하지만 조지아를 여행하면서 만난 〈스와니강〉
은 감격 그 자체였다.

　가끔, 아주 가끔 아내와 한판 하게 된다. 물론 백
전백패다. 그럴 때면 서재에 올라가 혼자 노래 부
르는 것으로 스트레스를 푼다. 시작은 〈봉숭아〉다.
"울 밑에 선 봉숭아야 네 모양이 처량하다"의 노랫
말이 내 처지와 꼭 같지 않은가. 도니체티의 〈남몰

구절초와 쑥부쟁이를 구분 못 하는 놈하고는 만나지
말라고 어느 시인이 그랬다는데 난 구별 못 하고 있
다. 정원 구석에 활짝 핀 이 꽃을 그저 쑥부쟁이로 알
고 있다.

래 흐르는 눈물〉은 따라 부르기 어렵다. 그래서 부르지는 못하고 크게 틀어 놓고 듣기만 한다. 속이 다 후련해진다. 나만의 스트레스 해결 비법이다. 그래도 지금까지는 꽤 효과를 보고 있다.

〈임금님 귀는 당나귀 귀〉란 우화가 왜 나왔겠는가. 그래서 사람들이 산속에 가서 "야호"라고 고함지르는 거다. 그러나 요즘은 산에 가서 고함지르면 교양 없는 미친 X 취급을 받는다. 아파트에 살 때에는 노래 부르기 쉽지 않았다. 고함 한번 크게 지를 공간도 없다. 조금 크게 한 곡 불러 젖힐라치면 즉각 경비실로부터 인터폰이 온다. 목청껏 노래 한번 부르기 정말 어려웠다. 단독이 해결했다.

우리 집 정원에는 제법 넓은 덱이 있다. 원목이라 느낌이 좋다. 요즘처럼 청명한 가을날 오후, 덱 피크닉 벤치에 앉아 나직이 피셔디스카우를 듣는다. 기분이 좋아진다. 볼륨을 조금 높여 들으면 더욱 좋다. 단독살이 덕분이다. 가냘픈 구절초 꽃잎 위에 가을볕이 소복하다. 가을이 깊어 간다.

겨울

김장은
고향이다

늦가을, 김장을 했다. 아니, 보다 정확히 표현하자면 마당 텃밭에 자란 배추와 무로 나와 옆집 안 선생 내외가 했다. 아내는 빠진다. 올가을 수확한 배추는 15포기, 무는 12개다. 웬만한 시골에서는 배추 한 포기에 대개 7킬로그램이 넘는다. 하지만 정원 한구석 텃밭에서 키운 배추는 한 포기에 고작 3킬로 남짓하다. 농약도 비료도 안 주고 키워서 그런지 작황이 신통치 않다. 아주 작고 볼품없다. 식

수확하기 직전의 배추와 무

마당 구석에서 수확한 배추와 무가 비료나 농약 없
이 키운 탓인지 볼품없고 초라하다.

물은 주인의 발자국 소리를 듣고 자란다는 말도 있지만 내 경우는 아닌 것 같다.

그래도 텃밭 덕분에 '김포족'은 면했다. 김포족이란 경기도 김포에 사는 사람들이 아니라 김장을 포기한 사람들을 말한다. 해마다 김장을 포기하는 사람이 늘어난다는 뉴스가 쏟아져 나온다. '고된 노동과 스트레스'가 제일 큰 이유라고 한다. 내가 생각해도 포기하는 게 합리적이다. 배추를 다듬고 절이고 씻고 양념을 버무리고… 엄청난 노동이다. 맛이라도 좋으면 그나마 다행이지만 그 또한 장담할 수 없다.

막상 해 보니 김장을 하는 사람이 바보 같다. 까놓고 말하면 김치는 마트에서 사 먹고, 그 시간에 다른 일을 하는 게 훨씬 경제적이다. 그렇지만 사서 고생하는 데에는 다 이유가 있다. 단독에 사는, 그것도 마당 구석에 텃밭을 가진 사람이 김장을 포기하는 것은 자존심이 허락지 않기 때문이다. 또 있다. 김장은 내게 어머니이고, 고향이다. 돌아가고 싶은 그 시절이 곧 김장과 맞물린다. 토머스 울프의 소설 제목이 생각난다. 《그대 다시는 고향에 가지 못하리You Can't Go Home Again》. 개발 붐에 사라진 고향 집, 이제는 많이 늙으신 어머니를 그리는 마음이 김장을 고집하는 또 다른 이유가 된다.

김장은 제철에 나는 거의 모든 재료를 포용할 수 있다. 청각, 파래 등 기본적인 양념 외에 갈치를 넣

남들은 사서 고생이라고 할지 모르지만 단독에 살며 마당 텃밭을 가졌기에 김장을 포기할 수 없다. 무엇보다 김장은 내게 어머니이고, 고향이다.

기도 한다. 이때 갈치는 은분이 반짝이는 작은 놈이 제격이다. 굴과 오징어를 넣는 김장도 있다. 돌이켜 생각해 보면 어머니가 담그시던 옛날 김장은 그리 풍요롭지 못했다. 요즘처럼 신선한 생굴을 넣기에는 부담이 컸을 것이다. 호화스러운(?) 김장을 담글 만하니 이제 김장은 끝물이다. 우리 세대가 사라질 때쯤이면 김장은 이제 〈그때를 아십니까〉에서나 볼 수 있는 신기한 풍경이 될 것이다. 갑자기 코끝이 찡해진다.

마당에서 수확한 배추와 무가 부족하다 싶어 절임배추 다섯 포기를 추가로 구입했다. 늦가을이지만 김장하는 날은 꼭 춥다. 수능 추위와 같은 이치다.

마당 잔디 위에 넓은 투명 비닐을 깔았다. 배추를 소금에 절이는 게 가장 어렵다. 김장 전날, 다듬은 배추를 갈라 소금에 절인다. 미지근한 물을 뿌려야 소금이 잘 녹는다. 중간에 한 번 뒤집어 소금이 골고루 배도록 해야 한다. 적당히 절여졌다고 판단되면 미리 씻고 소쿠리에 앉혀 물을 뺀다. 이와 함께 무는 썰어서 무채를 만들어 둬야 한다. 널따란 대야에 무채, 고춧가루, 미나리, 찹쌀죽 등을 넣고 각종 양념을 더해 버무린다. 배추에 넣을 소를 준비하는 것이다. 갈치 등 생선을 넣는 집도 있지만 나는 맑은 김치를 좋아해 주로 식물성 소를 선호한다. 절인 배추에 소를 골고루 넣고 발라 김장독에 넣으면 김장은 끝난다.

김장을 하기 며칠 앞서 김장독을 묻었다. 대대로 전해 내려온 항아리가 정원 구석에 여러 개 웅크리고 있다. 1미터 깊이의 구덩이를 파는 게 그렇게 힘든 줄 예전엔 몰랐다. 땅속에는 큼지막한 돌들이 곳곳에 숨어 있다. 돌덩이를 피해 서너 번 자리를 옮겨 파야 했다.

결국 김장은 옆집 안 선생 사모님이, 김장독 파기는 안 선생이 도와주셨다. 아내는 반대한다. 김치냉장고가 더 효과적이라는 것이다. 지식인이 오히려 과학을 믿지 않는다고 야단이다. 나도 안다. 김치냉장고가 훨씬 김치를 잘 숙성케 하고 맛나게 한다는 것을. 그러나 단독 좋다는 게 무언가? 이럴 때 김장독 한번 묻어 보는 거지. 나의 고집이기 때문에 구덩이 파기가 무척 힘들었지만 불만은 없다.

땅속에 김장독을 묻고 신문지에 불을 붙여 내부를 소독했다. 미생물과 해충을 막기 위한 조치다. 이어 마른 수건으로 독 안을 깨끗이 닦아 낸 후 잘 버무린 김치를 담았다. 김치를 담은 단지 윗부분을 비닐로 마감하고 고무줄로 꽁꽁 봉해야 한다. 행여

김장독은 이제 긴 겨울잠에 빠졌다. 파, 부추도 차가운 겨울바람에 곧 시들어 갈 것이다.

벌레라도 들어가면 큰일이기 때문이다. 고무줄은 노란 게 제격이다. 그 옛날 아기들 기저귀 매던 고무줄이 딱이라고 한다. 모든 게 다 있다는 다이소에도, 마트에도 노란 고무줄은 없었다. 결국 방산시장까지 나가 구입했다. 찬비가 추적추적 내리는 가운데 김장독을 꽁꽁 봉하는 것으로 김장은 끝났다. 남은 김치는 김치냉장고에 재어 넣었다. 우리집 김치는 이제 긴 겨울잠에 빠졌다. 꽃 피는 춘삼월에 만나게 될 것이다.

　도시에서 나고 자란 아내는 김치 담글 줄 모른다. 김치맛이 한없이 그리웠던 유학 시절, 아내를 대신해 내가 담가 봤다. 아이들과 함께 담근 김치는 맛이 별로였다. 한두 번 해 보다가 결국 그만뒀다. 귀국한 뒤 아내는 몇 번 김치 담기를 시도해 봤지만 맛이 기대에 못 미치자 깨끗이 포기했다. 처음에는 많이 서운했는데 이젠 익숙해져 큰 불편을 못 느낀다. 덕분에 아내에게 잘 보이는 '경우의 수'가 하나 늘었다. 이런저런 이유로 귀갓길 김치를 들고 가거나 행여 누가 김치를 선물해 오면 아내의 얼굴에 환하게 미소가 퍼진다. '완전 작품'이다. 그런 풍경을 보는 나까지 덩달아 기분이 좋아진다. 그래서 김치를 담그지 못하는 아내가 오히려 좋을 때가 있다. 김치 조달 능력으로 '가오'를 잡을 기회가 하나 덤으로 생겼기 때문이다.

이태 전 돌아가신 선친은 팔십 평생 단 한 번도 부엌에 드나들지 않으셨다. 돌아가시기 몇 해 전 고향 집을 방문한 어느 날, 저녁을 굶고 계셨다. 어머니가 나들이 가셨기 때문이다. 심지어 라면도 끓일 줄 모르셨다. 내가 압력밥솥에 쌀을 안치며 방법을 설명해 드리려 하자 버럭 화부터 내신다. 내가 태어나고 자란 시골 집안 분위기가 그랬다. 지독한 남존여비, 나 또한 결혼 전에는 그랬다. 부엌일이란 남자와 전혀 관계없는 줄 알았다.

올해 김장도 아내는 잠깐 도와주는 시늉만 하고 젊은 얼짱 남자가 나오는 드라마에 빠져 있다. 아이들도 제 방에서 아예 나올 생각을 안 한다. 뭘 하는지 모르겠다. 요즘 아이들이다. 결국 온갖 잡다한 뒤치다꺼리조차 내가 도맡아 했다.

이제 우리 집에서 김장은 아버지 일이 되어 버렸다. 갑자기 비감해진다. 하루 종일 마당에서 끙끙거리며 강도 높은 노동에 시달렸다. 허리까지 뻐근하다. 김장독을 묻고 집 안에 들어서자 내 몸에서 양념 냄새가 진동한다. 미안해하면서도 아내 얼굴은 환하다. 내게는 양념 냄새가 고향의 냄새, 그리

김장하고 남은 무청이 바람에 떨고 있다. 무청은 겨우내 된장찌개 재료로 사용된다.

움의 냄새이지만 아이들은 고약하다고 야단들이다. 향초를 피우며 법석을 떤다. 김장 담그는 날에는 아내가 돼지고기를 삶는다. 어둑어둑해진 저녁, 온 가족이 모여 식탁에 앉았다. 김장하고 남은 절인 배추에 양념과 돼지고기 수육을 함께 먹는 것으로 우리 집 김장은 끝난다. 냉장고 구석에 처박혀 있던 차가운 소주 한잔이 잘 어울리는 저녁이다.

긴 하루가 끝났다. 서재 카우치에 푹 잠겨 책을 읽는데 불현듯 돌아가신 아버지가 떠오른다. 한평생 부엌일을 모르시던 아버지께서 김장하는 내 모습을 보시면 뭐라 하실까, 혼을 내실지 궁금하다. 세월은 가고 오는 것, 김장을 하는 날, 나는 잠시 유년의 꿈을 꾸었다. 마당 빨랫줄에 널어 둔 무청이 찬 바람에 춤추고 있다. 겨울이 문밖에 와 있나 보다. 마음은 '연분홍 치마가 휘날리는 봄날'에 있는데 야속한 세월은 어김없이 우리들을 한 해의 끝자락에 야멸차게 세워 두고 있다.

벽난로를
피우며

　불멍이 야단이다. 뇌과학자들은 최고의 힐링이
라고 한다. 차박 불멍에다, 영화관에서 불멍을 상
영하고 방송에서도 호들갑이다. 나는 불을 숭배하
는 조로아스터교(배화교) 신자도 아닌데 어릴 때부
터 유난히 불을 좋아했다. 불을 대한 최초의 기억
은 서너 살 아이였을 때다. 정월 대보름날, 어디서
쭈그러진 깡통을 하나 구해 철삿줄로 끈을 맨 뒤
그 속에 숯불을 넣어 돌렸다. 도회에서는 화재 위

험으로 곤란하겠지만 시골에서는 가능했다. 바람을 탄 시뻘건 불을 보며 신나게 논밭으로 뛰어다녔다. 그날 풍경이 어제처럼 새록새록 하다.

할머니 댁에 가면 늘 불장난을 즐겼다. 나무 부지깽이는 잠깐 사이에 불이 붙는다. 물에 담가 불을 끈 뒤 다시 사용했다. 불장난으로 볼이 빨갛게 달아오르면 할머니는 두 손으로 내 뺨을 어루만지며 말씀하셨다. "우리 강생이 얼굴이 다 익었네…." 세월은 가고 오는 것. 어느새 부지깽이를 만져 본 마지막 세대가 되었다.

화롯불도 생각난다. 추운 겨울날, 할아버지는 아궁이에서 튼실한 숯을 골라서 화로에 담아 사랑방으로 들고 오셨다. 가부장적인 동네, 늘 사랑방에서 할아버지와 잤다. 화로에 담긴 불은 밤이 깊어가면서 발갛게 사위어 간다. 이튿날 아침이면 잔불이 조용히 숨을 쉬고 있다. 그 불에다 밤을 구워 먹으면 유난히 고소했다.

한겨울 어느 날이다. 불 때는 게 너무 재미있던

나는 장작을 더 가져와 사랑방 아궁이에 몰래 밀어 넣었다. 그날 밤 구들장이 너무 뜨거워져 장판이 누렇게 타들어 가는 바람에 자다가 난리가 났다. 아궁이에 찬물을 한 바가지 붓고서야 소동은 끝났다.

그날 이후 온돌 방바닥이 지글지글 끓는 한옥에서도 화롯불이 왜 필요한 것인지 알았다. 웃풍이 심하고 단열이 미흡한 한옥, 차가워진 실내 공기를 데우고자 함이 아니었을까. 보일러가 없는 한옥에 살던 유년 시절, 방바닥은 뜨거웠지만 자고 일어나면 머리가 아프고 코가 막히곤 했다. 윗목의 걸레도 꽁꽁 얼었다. 그래서 화롯불로 방 안 공기를 데우려 한 것이리라 짐작된다.

십 대 시절에는 연탄 갈기를 자주 했다. 어머니는 연탄가스를 마시면 머리가 나빠진다며 극구 반대했지만 개의치 않았다. 약간의 효도 심리도 작용했다. 시험공부로 늦은 밤, 하얗게 탄 아래 장을 들어내고, 새 연탄을 구멍을 정확히 맞춰 위에 놓으면 기분이 개운했다. 때때로 연탄끼리 들러붙으면 조심스레 바닥에 눕힌 후 부엌칼을 틈새에 밀어 넣어 분리시켰다. 이게 가장 어렵다. 자칫 서투르게 하면 연탄이 깨진다. 대형 사고가 된다. 불현듯 오랫동안 잊고 지냈던 연탄 갈기가 생각난다. 하지만 아파트에 살게 되면서 사람들은 조금씩 불의 경험, 직화의 기억을 잊어버리고 산다.

지금 사는 단독을 처음 만났을 때 가장 혹한 것은 벽난로였다. 거실 한쪽에 위치한 제법 큼직한 벽난로를 보는 순간 필이 꽂혔다. 그래서 이사 오자마자 지하 차고에 1톤 분량의 참나무 장작을 들여놓았고 틈틈이 가지치기 후 나온 나뭇가지로 땔감을 만들었다. 그러나 벽난로를 이용한 난방은 애당초 무리다. 재를 치우기가 만만찮고 난방력도 기대보다 많이 떨어진다.

그래도 겨울이 깊어지면 애써 벽난로를 피운다. 흔한 택배 박스를 쏘시개로 넣고 그 위에 장작을 서너 개 올린 뒤 불을 붙이면 된다. 장작은 저 홀로

오랜만에 벽난로를 피웠다. 불멍은 황홀하다.

새벽까지 탄다. 난방은 별로지만 바라보기만 해도 황홀하다. 벽난로를 가만히 보고 있노라면, 어느 바닷가 모래밭에서 탁탁 타는 모닥불을 바라보며 노래 부르던 이십 대의 내가 보인다.

모닥불 피워 놓고 마주 앉아서
우리들의 이야기는 끝이 없어라
인생은 연기 속에 재를 남기고
말없이 사라지는 모닥불 같은 것
타다가 꺼지는 그 순간까지
우리들의 이야기는 끝이 없어라

이십 대 시절 열심히 들었던 박인희의 노래 〈모닥불〉이다. 모닥불은 참 운치 있다. 멍때리기에도 끝내준다. 지금의 중년들이 고등학생일 때 이 노래를 많이도 불렀다. 봄, 가을 소풍 때에 어쩌다 여학생들과 같이 부를 땐 진짜 마음이 풍선처럼 부풀어 올랐다. 모닥불의 추억쯤 된다.

불을 살펴보면 단순히 연료나 에너지원 이상으로 무언가 정신 건강의 측면과 연관되어 있음을 알게 된다. 영어에서 난로를 의미하는 '허스hearth'는 가슴을 뜻하는 '하트heart'와 비슷하다. 어원상으로 전혀 다른 유래라지만 실제 허스는 집이라는 공간에서 가슴 역할을 한다. 할리우드 영화를 보면 성공한 사람의 서재나 응접실에는 으레 벽난로가 있고, 영화는 타는 장작불을 잠시 보여 준다. 불이란 난방을 하는 것 이상으로 인간에게 정서적인 존재임을 암시한다.

역사 이래 불은 인간의 마음과 정을 나누는 매개체로 자리매김해 왔다. 사람들은 타닥타닥 타들어 가는 소리와 깜박깜박하는 붉은빛의 리듬을 보며 위안을 찾는다. 그래서 개고생해 가며 캠핑이라는 불편함을 즐겁게 구매한다. 모기에 뜯기고, 땀에 절고, 심지어 북풍한설에 오들오들 떨면서도 불을 피우고 모여 앉아 히죽거리며 시간을 죽이는 데에 돈과 정성을 들이는 것이다. 최근 들어 전기 레인

지까지 속속 등장하면서 많은 도시인은 점점 불을 볼 수도, 만질 수도 없게 되었다. 진짜 불이 주었던 유대감과 정서적 토대, 재미는 과연 어디서 채워질 수 있을까? 그래서 요즘 사람들이 애써 불멍을 찾는지도 모르겠다.

올해도 다 갔다. 인디언은 12월을 두고 '침묵하는 달'이라고 했다. 맞다. 한 해가 갈 때쯤이면 사람들의 말수가 줄어든다. 사연 많은 한 해를 보내야 하는 12월은 헛헛하다. 깊은 밤, 벽난로 앞에서

바싹 마른 정원에 단풍잎 하나가 외롭다.

가만히 불멍을 때리면 짙은 그리움에 숨이 턱 막혀 온다. 센티멘털이나 낭만이라는 단어는 애써 피해야 하는 것으로 알아 온 젊은 날과 달리 나이가 들면 옛날이 그립게 된다. 세월은 너무 빨리 갔다. 불현듯 까까머리 그 시절로 돌아가고 싶어 코끝이 찡해진다. 소년의 귀밑에도 서리가 내렸다.

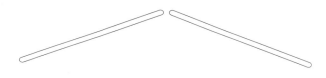

별을 헤는 밤

겨울밤은 외롭다. 잠 못 이루는 깊은 밤, 마당에 나가 본다. 단독 좋다는 게 이런 거다. 코로나 덕분에 한껏 맑아진 서울 하늘이다. 마당 한편 단풍나무 사이로 듬성듬성 별이 스치운다. 윤동주의 시 〈서시〉, 그리고 〈별 헤는 밤〉이 생각난다. 아, '하바별시'도 있다. 대입 시험에 시집 제목을 뒤죽박죽 혼란스럽게 해 놓고 맞는 제목을 답하라는 고약한 문제가 곤잘 출제되었다. 덕분에 《하늘과 바람과 별과 시》를 '하바별시'로 외웠다. '세상에서 가장 신기한 것은 인간의 양심과 밤하늘의 별'이라며 칸트가 그토록 찬양했다는 별이다.

눈으로 볼 수 있는 별이 근래 들어 20여 개로 늘었다. 차가운 겨울밤, 별은 고독하다. 나는 별을 무척 좋아한다. 십 대 때는 "우리가 밤하늘에 빛나는 별을 보았을 때 그 별은 이미 죽었는지도 모른다"

윤동주 시집 《하늘과 바람과 별과 시》 초판본(1948) 표지

라는 프랑스의 요절 시인 레몽 라디게의 시구절을
책갈피에 써서 가지고 다니곤 했다. 그러나 아파트
에 살 때는 아예 별을 잊고 살았다. 사실 천문학자
도 아니고, 별 보러 간다고 옷 차려입고 1층까지 내
려가기가 쉽지 않았다. 그 오랜 세월 잊고 지냈다.

단독에 살면서 별을 자주 찾아본다.

저 별은 나의 별

저 별은 너의 별

별빛에 물들은

밤같이 까만 눈동자

(…)

별이 지면 꿈도 지고

슬픔만 남아요

창가에 지는

별들의 미소

잊을 수가 없어요

가만히 흥얼거린다. 새로 생긴 버릇이다. 송창식과 윤형주가 불렀다. 독일 노래 〈두 개의 작은 별 Zwei kleine Sterne〉의 번안곡이다. 늦은 밤 귀갓길에도, 조간신문을 가지러 나온 이른 새벽에도 내 눈은 밤하늘에 가 있다. 별은 신비하다. 특히 사위어 가는 샛별은 슬프다. 안쓰럽다.

별을 얘기하면 반드시 떠오르는 작품이 있다. 알퐁스 도데의 단편 〈별〉이다. 도데의 작품은 명징하다. 나는 〈별〉도 좋지만 〈코르니유 영감의 비밀〉을 더 좋아한다. 아주 짧은 이야기다.

풍차로 밀을 빻는 마을에 증기로 돌리는 기계식 방앗간이 생겼다. 사람들은 당연히 증기 방앗간으로 몰린다. 풍차 방앗간은 하나둘 문을 닫았고 코르니유 영감의 방앗간 하나만 남았다. 영감님의 풍차 방앗간에는 손님이 없다. 그래도 영감님의 풍차는 돌고 돈다. 영감님은 해 질 무렵이면 하루도 빠짐없이 밀가루 포대를 짊어진 노쇠한 당나귀를 앞세우고 마을을 가로질러 간다.

프랑스의 소설가 알퐁스 도데

《풍차 방앗간 편지》의 배경인 프랑스 남쪽 끝 퐁비에유에 있는 알퐁스 도데라는 별칭의 방앗간. 도데는 이곳에 방문한 적이 없다고 한다.

어느 날, 영감님의 단 하나의 혈육인 손녀가 결혼 승낙을 얻으려고 약혼자와 함께 예고 없이 방앗간에 들른다. 그들은 할아버지가 밀 대신 희멀건 석회석을 빻고 있다는 사실을 알게 된다. 코르니유 영감은 그동안 석회 부스러기를 빻아 밀가루인 척하며 실어 날랐던 것이다. 비밀을 들켜 부끄러움과 당혹스러움에 죽고 싶어 하는 영감님 앞에 밀 포대를 실은 마을 사람들의 당나귀가 줄지어 몰려온다. 영감님은 다시 밀을 빻기 시작하고 일거리가 끊이지 않는다. 그러던 어느 날 영감님이 죽고 풍차 날개 또한 멈춘다.

알퐁스 도데의 첫 단편집《풍차 방앗간 편지 Lettres de mon moulin》에 나오는 〈코르니유 영감의 비밀〉이라는 작품. 프로방스 지방의 아름다운 자연 풍광, 서민 생활의 애환 등을 섬세한 필치로 그려 냈다. 도데가 작가적 명성을 떨치는 데 한몫한 작품이다. 풍차 방앗간 노인이 새로운 문명에 밀려나는 슬픔을 그린 이 소설은 세월과 인생에 대해 많은 것을 생각하게 한다.

마당 있는 집에 살면 세월을 실감하게 된다. 싹이 트고 자라서, 꽃이 피고 시들고, 단풍이 들고 낙엽이 지는 풍경을 통해 생의 덧없음을 깨닫게 된다. 세월은 무엇을 의미하는 것일까. 인간이 나이를 먹는다는 것은 곧 성장을 의미한다. 그러나 언제부턴가 나이를 먹는다는 것은 코르니유 영감처럼 시대에 뒤떨어지고 중요한 것들을 하나씩 잃어버린다는 것과 같은 의미가 되었다.

시력은 침침해지고 노래방에서 고음 부분 처리가 하루가 다르게 힘들게 된다. 호기롭게 대여섯 잔을 사양하지 않던 폭탄주는 한두 잔에 손사래를 치게 된다. 티스푼으로 밥을 먹던 아이는 어느새 훌쩍커서 큰 숟가락으로 밥을 먹고 있고, 이를 지켜보는 아버지는 스르르 늙어만 간다. 세월은 헛헛하게 흐르고, 산타클로스를 믿다가, 믿지 않다가, 스스로 산타가 되었다가, 그마저도 옛이야기가 된다.

겨울이 깊어 간다. 그제 담장 위 나무 펜스에 스

노맨snowman 휘장을 걸었다. 벌거벗은 나무가 칼바람에 웅웅거린다. 작약, 쑥부쟁이, 모란, 장미는 바싹 말라 을씨년스러운 모습이다. 겨울 정원은 죽음을 연상케 한다. 그래도 나무들과 대화를 나누기에 딱 좋은 때가 겨울이다. 봄, 여름, 가을에는 식물들

담장 위 나무 펜스에 스노맨 휘장을 걸었다.

이 한껏 제멋을 내며 스스로 발광하는 형국, 그저 보기만 하면 그만이다. 그러나 겨울이 오면 얘기가 달라진다. 모두가 차가운 바람에 휘둘리고 있다. 가지는 말랐고 꽃은 떨어졌다. 사람들의 눈길도 뜸해진다. 이런 계절엔 나무도 외로움을 탄다. 사람의 눈길을 그리워하게 된다.

인간이 나설 때가 됐다. 방산시장에 나가 대형 비닐봉지를 사 왔다. 서울 근교 조경업체에 들러 짚단도 구입했다. 비싸지 않다. 물론 인터넷으로 구입해도 된다.

겨울 준비는 비교적 간단하다. 나무에 대형 비닐봉지를 덮어씌우고 찬바람이 통하지 않게 아래를 묶으면 끝이다. 배롱나무, 작약, 목단, 대나무, 수국, 동백 등등이 주인공이다. 장미는 날카로운 가시 때문에 정말 어렵다. 비닐을 덮다가 가시에 찔리면 손마디에서 붉은 피가 뚝뚝 떨어진다. 애고, 애고, 바이런도 그렇고, 라이너 마리아 릴케도 장미 가시에 찔려 후유증으로 죽었다던데. 그래도 꽃

대파도 두툼한 비닐 외투를 걸쳤다.

나무들에게 따뜻한 외투를 입혔다고 생각하니 기분이 좋다. 꽃나무들이 내게 속삭인다. "주인님, 비닐 외투… 감사해요." "그럼요. 저도 덕분에 지난 봄, 여름, 가을 행복했습니다." 식물도 말을 한다. 나와 우리 집 꽃나무 간 주고받은 짤막한 대화다.

오랜만에 벽난로에 장작을 넣고 불을 붙였다. 보기는 그럴듯하지만 자주 피우지 않는다. 재를 처리해야 하는 등 성가신 일이 많기 때문이다. 그래도 가끔 울적하면 벽난로에 불을 지핀다. 이글거리는 불을 바라보며 멍때리는 순간은 정말 황홀하다. 불멍이다. 섬잣나무가 바람에 윙윙거린다. 한 시절이 가고 있다. 삶이란 두루마리 화장지와 같다. 얼마 남지 않게 되면 점점 빨리 돌아간다.

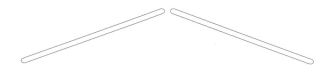

헉, 오줌단지가 터졌다
죽음이다

지난가을 수확한 텃밭의 감자, 배추, 무가 영 비실비실하다. 짐작건대 비료를 충분히 주지 않았기 때문이다. 지난 몇 년 텃밭 농사를 해 보니 비료 없는 농사란 사실상 불가능하다는 것을 깨달았다. 그래서 나는 유기농이란 말을 잘 믿지 않는다. 당연히 무농약이란 말에도 역시 회의적이다.

배추벌레는 장난이 아니다. 일일이 젓가락으로 집어내어 죽여야 한다. 인간을 위한 유기농 농사를

비료를 충분히 주지 않아 텃밭에서 수확한 감자알
이 잘다.

위해 또 다른 생명체를 죽여야 하는 아이러니가 텃
밭에는 존재한다. 벌레와 인간의 싸움, 대개는 벌
레가 이긴다. 젓가락으로 집어 죽이기에는 역부족
이다. 쌀뜨물도 붓고 인터넷에 떠도는 온갖 친환경
적인 방법을 다 동원해 봤다. 그러나 결국 벌레들
의 완승. 옆집 안 선생이 와서 농약을 뿌리고서야
상황은 끝났다.

단독으로 이사 온 처음 두 해 동안 이른바 백 퍼

센트 유기농 농사를 해 봤다. 고추는 배배 꼬이고, 가지는 열매 맺기가 무섭게 땅으로 툭 떨어진다. 방울토마토도 말라 간다. 오이는 나무젓가락처럼 가늘어 보기에 안쓰럽다. 왕성한 생명력을 자랑하는 호박을 빼고는 제대로 되는 게 없었다. 농약과 비료를 주지 않아 그렇다는 것이다. 귀농 후배의 충고다. 그래도 난 고집이 있다. 유기농으로 성공하리라. 곧바로 행동에 옮겼다.

지난 한 해 동안 보일러실로 가는 뒷마당 구석에 큰 항아리를 숨겨 두고 소변을 모았다. 텃밭 농사에는 오래된 소변이 최고의 거름이라는 얘기를 들었기 때문이다. 소변은 일단 장기간 숙성시켜야 거름으로 효과가 있다고 한다. 그러나 요즘 세상에 소변 모으기는 엄청 어렵다. 우선 가족들의 반대가 사납다. 도대체 21세기 문명사회에 당치도 않다며 야단이다. 전혀 협조가 안 된다. 결국 이른 새벽이나 늦은 밤에 나 혼자 뒷마당에 나가 소변을 모았다. 아내와 아이들은 집 안으로 지린내가 들어온다며 틈만 나면 달달 볶아 댄다. 겪어 보지 않은 사람은 고충을 모른다. 가족의 반대 속에 소변 모으기란 정말 힘들다.

엄청난 사고가 났다. 얼마 전이다. 그날따라 바람이 칼날 같고 영하 9도까지 내려가는 등 몹시 추웠다. 새벽에 일어난 아내가 무슨 역겨운 냄새가 난다며 나를 깨웠다. 단독에 살면 가끔 그런 날들이 있다. 마당 한쪽 구석에 쌓아 놓은 낙엽 더미가 썩는 냄새일 수도 있고 뒤편 하수구에서 냄새가 올라오는 경우도 있다. 그날따라 냄새의 정도가 심했다.

추운 날씨, 파카를 챙겨 입고 수색에 나섰다. 뒷마당 쪽에서 심한 냄새가 났다. 헉, 세상에 이럴 수가. 엄청난 광경이 눈앞에 펼쳐져 있었다. 소변을 숙성시키고 있던 옹기 항아리가 얼어 터진 것이다. 인간의 소변도 추우면 얼고, 항아리도 터진다는 것을 그때 처음 알았다. 옹기를 3분의 2쯤 채우고 있던, 얼지 않은 소변은 뒷마당에서 계단을 거쳐 대문 밖 골목으로 흘러내렸다.

동네 전체에 악취가 진동한다. 대형 사고다. 숙성된 소변의 악취는 가히 상상 이상이다. 지린내가 골목길에 넘쳤다. 영하 9도의 날씨, 마당 수도는 얼지 말라고 꽁꽁 싸뒀다. 또 물로 씻으면 골목길이 빙판으로 변한다. 방법은 없었다. 하늘이 다 노래졌다.

너무 당황스러워 정신 줄을 놓을 뻔했다. 아내와 아이들은 창피하다며 나를 구박한다. 속수무책, 119를 부를 수도 없고…. 급히 편의점에 가서 락스를 서너 통 구입해 골목 곳곳에 뿌렸다. 독한 락스 냄새가 지린내를 어느 정도 가라앉혔다. 추운 겨울 새벽, 다행히 집집마다 문을 꼭꼭 닫고 있었기에 망정이지 대낮에 터졌다면 쫓겨날 뻔했다고 아내가 맹공격했다. 평소 내 편이던 딸아이까지 동네 창피해 못 나가겠다며 나를 왕따시킨다. 신발 안까지 소변에 흠뻑 젖은 채 우왕좌왕하는 내 모습을 한번 상상해 보시라. 나는 창피하기도 하고 '유기농은 개뿔' 스스로를 자책하며 우울한 하루를 보냈다.

그런 소동 속에 새해를 맞았다. 지난해 새해맞이가 엊그제 같은데 또 다른 새해다. 단독살이에게 1월은 휴면기이다. 마당에 신경 쓰지 않아도 되기 때문이다. 사방은 고요하고 정원의 온갖 나무와 풀들은 긴 잠에 취해 있다. 잠시 행복하려면 취하면 되고, 한두 해 행복하려면 사랑에 빠지고, 평생 행복하려면 정원을 가꾸라는 말이 있다. 그래서 많은 사람이 단독을 꿈꾼다. 하지만 단독살이에게 겨울은 원수 같다.

겨울은 겨울답게 추워야 한다고 말한다. 하지만 단독살이에게는 해당되지 않는다. 겨우내 마당과는 담을 쌓고 산다. 없는 것과 마찬가지다. 눈이 오면 오는 대로, 쌓이면 쌓이는 대로 내버려 둔다.

겨울 정원에 남은 것은 딱 하나, 담쟁이ivy다. 몇 장 안 되는 담쟁이 잎들이 여기저기 달려 있다. 끈기 있고 억척스럽다. 자식 농사에 목매는 한국인에게 아이비리그Ivy League라는 말이 주는 의미도 있다. 내게는 또 있다. 다녔던 고교의 상징물이 담쟁이였

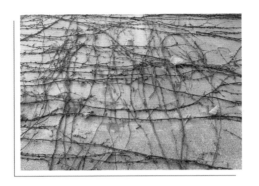

추운 겨울날 몇 안 되는 담쟁이 잎을 보면 마음이
짠해진다.

첫눈이 오자 딸아이가 잽싸게 눈오리를 만들었다.

다. 교내 온갖 행사에 담쟁이가 들어갔다.

사실 담쟁이는 가을이 제격이다. 그래도 추운 겨울날 몇 안 되는 담쟁이 잎을 보면 마음이 짠해진다. 오 헨리의 〈마지막 잎새〉가 생각난다. 시인 정현종은 "살 만하지 않은가, 내 심장은 빨간 담쟁이 덩굴과 함께 두근거리니!"라고 노래했다. 건축가 김수근도 담쟁이를 사랑했다. 대표작들을 대부분 담쟁이로 마감 처리했다. 원서동 현대사옥 옆 공간사랑도 그렇고, 예전의 샘터사옥도 그렇고, 지금 내가 살고 있는 집 세이장도 그렇다. 담쟁이의 생명성과 무생명체인 벽돌의 조화를 의도하지 않았을까. 담쟁이는 콘크리트 벽면에 온기를 준다. 그래서 담쟁이에는 지금地錦, 즉 땅의 비단이라는 별호가 있다. 담쟁이의 또 다른 이름은 파산호爬山虎, 산에 오르는 호랑이라는 의미다. 강인함을 상징한다. 줄기로도 나목裸木이 아름다울 수 있다고 웅변한다.

새해가 왔지만 아직은 겨울이다. "겨울이 오면

봄도 멀지 않으리If winter comes, can spring be far behind?"라
는 셸리의 시구절도 있지만 봄은 아직 기척도 없
다. 고개를 들어 올려본 밤하늘, 마른 감나무 위로
차가운 달빛이 하염없이 부서지고 있다.

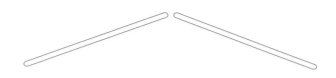

눈 오는 날엔
가만히 노래를 들어야 한다

눈이 온다. 정원 단풍나무 사이로 눈이 온다. 마음이 설렌다. 눈이 오는데도 설레지 않으면 그건 살아 있는 게 아니다. 인생 다 갔다고 봐야 한다. 설레라고 하늘에서 눈이 오는 것이다. 솔가지에도 눈이 쌓였다. 이런 날은 아다모의 샹송 〈눈이 내리네 Tombe La Neige〉를 들어야 한다. 눈 내리는 겨울밤, 돌아오지 않는 연인을 그리워하는 노래다. 수많은 국내 가수가 번안해 불렀고 올드팬들에게 아주 친숙

간밤에 흰 눈이 왔다. 멀리 북악산이 보인다.

한 노래다. 눈 오는 날엔 이 노래가 제격이다.

그러나 단독에 사는 사람에게 눈은 '짧은 행복, 긴 스트레스'다. 눈 오는 아침은 엄청 바쁘다. 골목에 비치된 모래나 염화나트륨을 뿌려야 한다. 맨손으로 하면 피부에 탈이 난다. 비닐장갑을 끼고 뿌린다. 골목길에는 염화나트륨을 뿌리지만 집 안은 곤란하다. 소금 성분에 잔디는 물론이고 작물들이 살아남지 못하기 때문이다. 그냥 두고 봐야 한다. 귀마개를 하고 모자를 눌러쓰고 골목길 눈을 쓸다 보면 등에서 땀이 절로 난다.

더 큰 문제는 출근길이다. 눈 오는 날 비탈진 골목길을 걷는 것은 고문에 가깝다. 그야말로 살금살금 고양이 걸음이다. 미끄러지는 신발은 정말 곤란하다. 가끔 아이젠을 착용한 이웃들도 보인다. 겁나는 풍경이다. 그래도 눈 내린 정원은 정말 아.름.답.다.

간밤에 흰 눈이 왔어요

간밤에 흰 눈이 왔어요

가지엔 눈꽃이 폈네요

참 예쁘네요

　현경과 영애의 〈참 예쁘네요〉란 노래다. 팝 마니아는 아시겠지만 이 노래는 세계적인 클래식 팝 트리오인 PPMPeter, Paul & Mary의 〈Oh, Rock My Soul〉의 번안곡이다. 1971년 서울대 미대 신입생 환영회 때 등장한 두 명의 여학생 현경과 영애가 불렀다. 전설적인 걸 그룹 '현경과 영애'의 탄생 순간이다. 두 사람이 알려지면서 방송이나 업소의 출연 제안이 뒤따랐지만 이들은 거절했다. 당연히 대중적인 인지도는 그리 크지 않았다. 두 사람은 "순수하게 아마추어 가수로 대학 시절 4년간만 활동하자"고 약속했다. 덕분에 데뷔 음반이 곧 마지막 앨범이 된다. 그리고 앨범은 마니아들에게 보배로 간직된다.

　눈 덮인 정원은 노래 〈참 예쁘네요〉와 딱 떨어진다. 고요한 정원을 바라보며 멍때리는 풍경을 상상

현경과 영애의 앨범 표지

해 보시라.

그러나 잠시, 눈 오는 풍경은 나의 우울했던 이십 대를 소환한다. 유학을 떠나기 전 이십 대 몇 년간, 나는 광화문 인근 정동에서 직장 생활을 했다. 그래서일까? 눈 오는 날, 이문세의 〈광화문 연가〉를 들으면 신산했던 젊음이 스쳐 간다. '이제 모두 세월 따라 흔적도 없이 변했고 언젠가 우리 모두 떠나가지만, 언덕 밑 정동길엔 눈 덮인 조그만 교

회당이 아직 남아 있다. 향긋한 5월의 꽃향기가 가슴 깊이 그리워지면, 눈 내린 광화문 네거리 다시 찾아온다'는 노래다. 오늘 눈 오는 풍경을 보며 이 노래를 들으니 눈시울이 뜨거워진다. 단발머리에 얼굴이 뽀얗던 그 여학생은 어디쯤 가고 있을까.

아, 모두가 단독주택 때문이다. 눈 쌓인 마당 깊은 집 때문에 쓸데없는 감상으로 눈시울을 적시게 되는 것이다.

겨울, 눈이 몇 번 오는가 했더니 2월이다. '아니 벌써'라는 말이 가장 잘 어울리는 달이다. 어딘가 허술하고 다른 달보다 하루 이틀 모자란다. 그래서 어느 시인은 2월을 두고 '초라한 달'이라고 했다. 절묘한 표현이다. 단독에서 사는 사람에게 1년 중 가장 일 없는 달이다. '날짜가 적으니 고통 또한 적다'는 칸트의 말도 딱 떨어진다. 아직은 마당에 신경 쓰지 않아도 된다. 없는 것과 마찬가지다. 눈이 오면 오는 대로, 쌓이면 쌓이는 대로 내버려 둔다. 2월 추위에 김장독 터진다는 말이 있긴 하지만 그래도 추위는 한풀 꺾였다. 올겨울은 유난히 눈이 많아서일까. 현관을 나서면 멀리 북한산 정상에서 습기 먹은 눈 냄새가 묻어온다.

단독살이는 때때로 유년 시절을 생각나게 한다. 근원적인 노스탤지어인 셈이다. 돌이켜 보니 유년 시절은 몹시도 추웠다. 쇠죽을 끓이던 가마솥에 세숫대야를 넣어 덥힌 물로 여럿이 돌아가며 고양이 세수를 했다. 젖은 손으로 까맣고 동그란 무쇠 문고리를 잡으면 손이 쩍쩍 달라붙었다. 요즘 세대들이 상상이나 하겠는가.

그 시절의 추위까지는 아니지만 그래도 단독은 춥다. 특히 산기슭 우리 집은 시내보다 1~2도가량 낮다. 이층으로 올라가는 집 뒤편 계단을 밟은 지가 두 달이 넘었다. 빨래는 널기가 무섭게 대관령 덕장의 꽁꽁 언 황태 모습이다. 마냥 뻣뻣하다. 겹겹이 둘러 싸맨 마당 수도는 여전히 한겨울 풍경이다. 비닐로 만든 간이 온실의 봄동, 상추는 냉기에 잔뜩 움츠리고 있다. 마당의 꽃나무들도 고단한 모습으로 힘겹게 서 있다. 부디 죽지 말고 봄에 다시 만나게 되길 바랄 뿐이다.

겨우내 마당으로 나가는 거실의 대형 미닫이 유리문은 굳게 잠긴다. 바람이 새 들어오지 말라고 바깥쪽 문 전체를 비닐로 덮었다. 그것도 부족해 방 안쪽에는 '뽁뽁이'가 붙어 있다. 그래도 기온 차로 안쪽에는 물방울이 대롱대롱 달려 있다. 아침마다 젖은 창 쪽 바닥을 마른걸레로 닦아야 한다. 비닐 덕분에 보온은 어느 정도 되었지만 마당 풍경이 희미해졌다. 집이 마치 빛바랜 낡은 온실 같다. 감나무와 단풍나무가 겨울바람에 웅웅 울고 있다. 백화만발했던 지난여름을 떠올리니 괜히 마음만 심란해진다. 얼어붙은 마당에 떨어진 바짝 마른 모과 몇 알이 마치 정물화 같다.

입춘이 지났지만 집은 여전히 겨울이다. '입춘대길立春大吉', '건양다경建陽多慶'이란 말이 무색하게 봄은 아직 멀리 남쪽 바다 어디쯤 서성이고 있나 보다. 단독살이에게 봄은 그냥 오지 않는다. 겨울을

간이 온실이 눈에 파묻혔다.

견뎌 내야 비로소 봄이 오는 것이다. 내일모레가
대보름, 고개를 들어 보니 무심한 달빛이 감나무
위로 고요히 부서지고 있다. 터질 듯한 둥근 달 속
에서 꽁꽁 언 손을 호호 불며 뛰어놀던 어린 내가
보인다. 코로나로 숨죽인 겨울, 두려움과 불안 속
에 2월이 가고 있다.

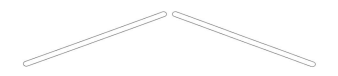

인간에겐
손바닥만 한 마당이라도
있어야 한다

아흔이 가까우신 어머니가 가장 애독하는 소설
은 《마당 깊은 집》이다. 1988년 계간 《문학과 사
회》 연재물로, 같은 해 문학과지성사에서 펴낸 김
원일의 장편소설이다. 6·25 전쟁이 끝난 1950년대
초 대구가 무대다. '마당 깊은 집'에 모여 살게 된
여섯 가구 스물두 명의 가난한 인물들에 얽힌 사건
들이 주요 내용. 어린 소년 길남을 일인칭 주인공
으로 내세워 이야기가 전개된다.

어머니가 좋아하시는 이유는 딱 한 가지다. 모두가 곤고한 삶을 살아왔던 그 시절, 당신의 역사가 상당 부분 소설과 일치하기 때문이다. 덧붙여 일평생 대구에서 사신 어머니에게 소설의 무대가 낯익은 것도 한몫한다. 워낙 치밀하게 묘사된 소설이라 어머니는 실화쯤으로 생각하신다. 1990년 TV 드라마로도 인기리 상영된 바 있다. 마당을 중심으로 한 남루한 삶들과 전쟁이 남긴 상흔이 담긴 작품, 전쟁 문학의 백미로 전해진다.

사실 단독주택에 사는 사람들이 삶의 힘을 얻는 데는 마당의 힘이 크다. "인간은 손바닥만 한 마당이라도 가져야 한다." 헤르만 헤세의 말이다. 아파트 생활이 지금과 같이 대세가 아니었던 그 시절, 마당은 소통의 공간이자 유희 놀이터였다.

나의 어린 시절도 그랬다. 마당에서 자치기도 하고 땅따먹기도 했다. 어릴 때 살던 한옥은 처마가 깊었다. 덕분에 비가 와도 긴 처마 덕분에 공기놀이도 할 수 있다. 그러다가 허전하면 연탄 창고로

당단풍나무가 위세를 뽐내고 있다. 봄이 되어서야 마른
잎이 완전히 떨어진다.

달려가 커다란 독 안에 숨겨져 있던 홍시며 석류 등으로 배를 채웠다. 뒷마당도 있었다. 어느 여름 숨바꼭질하던 중 뒷마당으로 갔다가 기절할 뻔했다. 엄청난 크기의 구렁이가 웅크리고 있었기 때문이다. 거의 사색이 된 나에게 어머니는 아무 말씀 없으셨다. 구렁이는 스스로 사라졌고, 그런 구렁이를 '집지킴이'라고 해서 보호한다는 것을 커서 알게 되었다. 그래서 때때로 TV에서 구렁이가 나오는 장면을 보면 불현듯 유년 시절로 돌아가게 된다.

단독을 꿈꾸는 사람은 대개 집 안보다는 집 바깥, 마당에 신경 쓰게 된다. 나도 그랬다. 단독에 살게 되면 구덩이를 파서 무를 저장해 한겨울 내내 먹어야겠다, 김장독을 묻어서 묵은지를 만들야겠다 등등 꿈이 많았다. 단독에 살기 전부터 휴대폰에는 늘 단독살이 관련 메모장이 따로 있다. 봄에는 뭘 심고, 여름에도 뭘 하고, 어딜 보수하고 등등 집과 정원에 관한 모든 것이 저장되고 삭제된다. 남들은 스트레스받겠다고 한다. 하지만 나는 휴대

눈 덮인 겨울 마당의 풍경

폰을 볼 때마다 오히려 즐거웠다. 단독에 사는 사람만 그 즐거움을 안다. 한마디로 엄청난 스트레스 속에서 느끼는 소박한 즐거움쯤 된다.

단독에 살면 여기저기 공간들이 생겨난다. 사실 남자들의 공간은 많지 않다. 안방은 늘 아내 차지다. 아이들은 각자 자기 방에 칩거한다. 마당을 아무리 멋지게 꾸며 놔 봐야 요즈음 아이들에게는 허당이다. 컴퓨터로 게임하거나 휴대폰을 만지작거리기에 바쁘다. 거실 소파도 아버지의 공간은 아니다. 집중할 수 없다. 냉장고에 드나들기 위해 식구들이 수시로 거실을 거친다. 뭘 하더라도 집중이 안 된다.

어수선하고 마음이 허전해지면 마당에 나가면 된다. 일상적으로 반복되는 듯하지만 계절에 따라 열두 달 마당의 시간을 따라가다 보면 자연의 순환 앞에 겸손해지는 법을 배우게 된다. 햇빛과 바람, 비 그리고 우리가 밟고 살아가는 흙의 존재가 얼마나 소중한지도 새삼 깨닫게 된다. 한마디로 자연에

는 인간의 노력과 능력 밖의 그 무엇이 존재한다는
사실을 알려준다.

봄, 여름, 가을도 좋지만 겨울도 좋다. 겨울 정원
의 풍경은 생을 한 번쯤 돌아보게 한다. 바짝 마른
잔디, 잎이 떨어진 단풍나무, 추위에 떨고 있는 장
미 등등의 풍경은 삶을 반추해 보게 하는 기제가
된다. 마당은 이처럼 이야기가 된다.

전통적으로 한국의 마당은 가족들의 소통 공간
이었다. 전통 사회에서 마당의 용도는 다양했다.
아이들이 노는 공간을 차치하고라도 김장을 담그
기도 하고 깨를 말리기도 했다. 아주 옛날에는 집
안 대소사인 혼례, 상례, 잔치 등이 마당에서 치러
졌다. 사람들의 중요한 소통의 공간인 것이다.

그러나 겨울은 마당 있는 단독에 사는 사람에게
고난의 계절이 되기도 한다. 정원은 볼수록 스산하
고 심란하다. 봄, 여름, 가을이 천국이었다면 겨울
은 단독살이에게 지옥(?)쯤 된다. 예고 없이 수도
관이 터지기도 하고 보일러가 얼기도 한다. 수돗물

을 쫄쫄 틀어 놓고 자야 할 때도 있다. 눈이 오면 만사를 제쳐 두고 골목길을 쓸고 구청에서 준비해 둔 소금을 뿌려야 한다. 현관문이 얼어붙어 헤어드라이어로 녹이고 출근하는 날도 생긴다. 완전 개고생이다. 누가 그런 집에서 살라고 했냐고 물으면 사실 답이 없다. 사서 하는 고생이기 때문이다.

그래도 단독이 좋다. 겨울이 끝나 가는 2월 말부

대문 입구의 모습이다. 눈이 오면 골목길부터 쓸고 소금을 뿌려야 한다. 그래도 사나흘 차는 두고 다녀야 한다.

터 마음은 설레기 시작한다. 그러다가 막상 봄이 오면 긴 고행이 끝난 것처럼 행복한 마음이 된다.

한국의 중년이 가장 두려워하는 것은 은퇴 후 시간 보내기다. 막상 은퇴하면 엄청난 상실감을 느끼게 된다. 그 많던 인간관계도 서서히 끊어진다. 한국 중년의 인간관계는 대개 일로 이뤄져 있다. 부동산 알부자가 아닌 이상 더 이상 골프도 어렵다. 누가 불러 주지도 않는다. 소외감과 우울감만 밀려오고 존재감은 급격히 위축된다. 아파트에 살면서 근처 산에나 왔다 갔다 하는 것이 전부다. 저녁 술자리는 부담이 되어 점차 꺼리게 된다. 몸은 여전히 건강하다. 이렇게 앞으로 30년을 살라치면 무섭기까지 하다.

이런 사람에게는 단독주택이 답이다. 단독에 살면 모든 게 해결된다. 봄, 여름, 가을, 겨울 늘 일이 있다. 아니 생긴다. 마당에서 무슨 소리가 난다는 둥 한밤에 자다가 벌떡 일어날 일들도 있다. 아내나 아이들은 무섭다고 뒷걸음친다. 그래서 자신의 존재 가치를, 무게감을 느끼게 되는 것이다. 어깨에 힘이 들어간다.

오늘날, 아무런 대책 없이 역사의 뒤안길로 밀려난 한국의 중년들은 불안하다. 그럴 땐 강남 아파트를 처분해 강북 주택가 단독에 살면 된다. 지극히 분명한 진리이지만 실행하지 못하는 게 지금의 장년 세대들의 비극이다. Just do it!

그래도 단독주택

1판 1쇄 인쇄 2024년 7월 25일
1판 1쇄 발행 2024년 8월 8일

지은이 김동률
펴낸이 김성구

책임편집 고혁
콘텐츠본부 조은아 김초록 이은주 이영민
마케팅부 송영우 김지희 김나연 강소희
제작 어찬
관리 안웅기

펴낸곳 (주)샘터사
등록 2001년 10월 15일 제1-2923호
주소 서울시 종로구 창경궁로35길 26 2층 (03076)
전화 1877-8941 | 팩스 02-3672-1873
이메일 book@isamtoh.com | 홈페이지 www.isamtoh.com

ISBN 978-89-464-2284-1 03810

값은 뒤표지에 있습니다.
잘못 만들어진 책은 구입처에서 교환해 드립니다.

샘터 1% 나눔실천
샘터는 모든 책 인세의 1%를 '샘물통장' 기금으로 조성하여 매년 소외된 이웃에게
기부하고 있습니다. 2023년까지 약 1억 1,200만 원을 기부하였으며, 앞으로도 샘터는
책을 통해 1% 나눔실천을 계속할 것입니다.

* 이 책은 방일영문화재단의 지원을 받아 저술·출판되었습니다.